المُضْطَرِبُ

وَحْدُه الّذي لا يُدَخِّن في المَدينَة السَوْدَاء

«مُحَادَثَاتٌ خَاصَّةٌ مِنْ بَرِيدِ مَيِّتٍ بِالحَياةْ»

أحمد جمال المصري

رواية المضطرب

Ahmed Gamal Abe El-Nasser Abd Abd El-Rahman

Published by Ahmed Gamal Abe El-Nasser Abd Abd El-Rah, 2022.

رواية المضطرب

First edition. September 24, 2022.

Copyright © 2022 Ahmed Gamal Abe El-Nasser Abd Abd El-Rahman.

ISBN: 979-8215843932

Written by Ahmed Gamal Abe El-Nasser Abd Abd El-Rahman.

Also by Ahmed Gamal Abe El-Nasser Abd
Abd El-Rahman

قلادة العهد
أرض جوش
هرقليون
رواية كهف الملح

Standalone
رواية المضطرب

حقوق الملكية الفكرية

إلى كل المضطربين نفسيا وجنسيا وغير الأسوياء والمكتئبين والذين يعانون في كل مكان ..

[]

-1-

«رَحِيلٌ بِدَرَجَةِ مِئَةٍ وثَمَانِيْن»

أريد أن أبكي كما لو لم أبكِ من قبل، أريد أن أكون سعيدا وأنا أبكي، وأن أكون حزينا وأنا أرقص. هذا النهار رحل والدي عن المدينة في هدوء، وبالأمس سمعته يقول أنه ذاهبٌ إلى السوق، وعاد مسرورا، وبالمساء مدَّ يده فأخرج من الثلاجة ثمرة «مانجو» كبيرة، ودقَّ عنقها ليصنع فيها ثغرة قبل أن يسهمها بقصبة رفيعة ويُهدينيها. فكرت في عجب من أمره، فلأول مرة بحياتي أراه يدخل علينا بثمرة فاكهة، الآن يا أبي؟ الآن أشعر بوجودك في حياتي؟ بقربكَ مني وتودّدك إليَّ؟ عرفتك منذ سبعة وثلاثين عاما، ومنذ مئات الأيام وآلاف الساعات ما أهديتني فيهن حتى ربع علكة. وكان عندك حق يا عبد المطلب يوم قررت الخروج على المعاش بعد تمامك الخمسين، ويومئذ سحبوا منك البيت الكبير ذا الطابقين بوسط المدينة الحيّ، وبأجرة نهاية الخدمة جئت بي وبأمي، وأسكنتنا أمام الأموات فوق هضبة قصوى ترتفع بأكثر من مائتي متر عن سطح البحر، ثم ترحل والدتي بعدها بيومين، وكأنك اخترت كيف؟ ومتى؟ وأين تكون نهايتها؟ واليوم تذهب أنت إلى قبرك القريب كما لو أنك اتفقت مع ملك الموت ليلة أمس على تنفيذ رغبتك، لترتحل بفراشك البالي على ظهر جواد مجنَّح، يأخذك إلى العالم الآخر، عالم آخر غريب ما بين الدنيا والآخرة، ويأبى أن يأخذ معك ما بقي من طينتك، ولتبقى هناك أمامي متحكما بقراري حتى بعد غيابك، وريحك تأثر أنفاسي قابضة عليها، وثراك تحمله الرياح غداةً وعشية، على بساط من غبار أسود ساخن وثقيل، يلفح وجه غرفتي التي تطلُّ نافذتها على ضريحك الذي شيّدته بعناية، وكأنك وحدك الذي تعرف ما ينتظرك به.

وتفصلك فقط أمتارٌ معدودة عن مدفننا بالحياة بحي «المضطربين»، كما لو أنك أصررت قبل سفرك على أن تكتب بنفسك فصل النهاية لروايتك الفاشلة التي لم ترَ النور. وذاك يكون مرقدك في التراب كما حرصتَ على زيارته كل صباح، تقلّبه بحماسٍ وتجفّفه، وكم كنت تكره الماء، وتبغض السكّان لفحشهم وخبثهم، فما بكى عليك من أحد غيري؛ ليقبضا عبد الستّار والسيد عليك، ذانِكَ الجِرْمان الحافيان العظيما الظل في أوائل الثلاثين من عمرهما، واللذان تشعُّ منهما رائحة «الجَبَّانَة»، بسرواليهما السوداوين المتربَين، وبوجهين أسمرين مكفهرَين كشبح المدينة في غيمةٍ من سحابٍ أسود غليظ. وكم كنت تشمئز من أحدهما إن اغتصب من طاولتكَ كأسَ ماء بارد متطفلا عليك في يوم قائظ، فيعبُّه عبًّا بفمه حتى آخر قطرة ثم يعيده إليها، ذلك إن كان مقبلا على «قهوة» بشندي البوَّاب بناصية

البرج في يوم كثير الموتى أو كان عاطلا و«مُبَلَّطا» فيها فيقوم إليك مفاجئنا لك، وما إن كنت تراهما حتى تتقبَّض أمعاؤك، فيلاحظكَ كوكو البسيوني «صبي» الفحم وأنت تهرع إلى إسلام الليثي «صنايعي» الشاي ذي الوجهين وتسأله عن الحساب.

وكم من مرة شربا بها «فِرْدَةً» على حسابك، وأنت تدفع وأمرك لله، أو استغفلاك كما كان بشندي البوَّاب يتعمد أن يلمزك بوجهي، ومثلما لمزك إلى ميدو إسلام العشريني الذي حكى له بأنه في أكثر من مرة كان يدَّعي لك بذلك حتى يأخذ حسابهما مرتين، وأنت بكل مرة تُصَدِّق، فتدفع، وتذهب، ثم تعود، فتدفع، وتذهب، وتعود، وليس من مرة واحدة تدرك فيها بأن إسلام كان «يشتغلك» يابا؟ وكم من مرة كنت تخلط كبرياءك بفصِّ ليمون، فتتلاطف إلى الفحلين، ثم أسمع صوتك إذ أنا مارٌّ يُلحِّن لمَّا تحتاج إلى قفاهما؛ ليُحضرا لك «تعميرة» تفكُّ بها «زنقة»، ولكني اليوم من يدفع مكانك، ولكل واحدٍ منهما؛ فهما من استأجرتهما لِحَملك إلى منزلك الجديد، وبخلافي فإنَّهما فقط لَحصيلة من مشى في جنازتك من سكَّان المدينة كلها، فما كان كل ذلك الزهد في انتقالك؟ وما كانت كل تلك الحكمة البائسة، والحنكة الزائدة؟ أم أنكَ كنت تُروِّض النفس احتسابا لهذه اللحظة الحقيقية التي انتظرتها؟ ثم تجوب روحك سماء المدينة تُلقي على السكَّان نظرةً أخيرة، ولكن أحدا لم يهتم لك؛ فما أحسَّ أحدٌ بغيابك أو نظر إليك.

والمدينة المنعزلة جغرافيا متطرفة التضاريس على صغر مساحتها البالغة ألف كيلو متر مربع، فمن الغابات الجبلية المطيرة في أقصى الشمال إلى الهضاب المستوية، وسلسلة الجبال الصحراوية التي تنحدر باتجاه الحي الخامس في الجنوب الشرقي من أقصى الجنوب الغربي حيث تلتقي مع الخط الساحلي الغربي الذي ينحدر بحدة في البحر عند زاوية فم الشبح في ما وراء «الجبانة» المقابلة لحيينا الرابع، وكذا من أراضٍ منبسطة مغطاة بالعشب والشجيرات في براري الشمال المواجهة للغابات إلى السهوب الساحلية شبه القاحلة بطول الساحل الشرقي وبحيراته المالحة، مرورا بمروج وجنان أحياء وسط المدينة المنخفضة بوديانها الغنَّاء وجداولها الرائعة. ومع ذلك فإن طقس المدينة لا يقل تطرفا، فهو عاصف معظم أوقات السن سواء من عواصف شديدة باردة شتاء من جهة الشرق أو أخرى ترابية ساخنة من جهة الجنوب الغربي بالصيف.

والمدينة قد احترقت فيها المشاعر الجافة فصارت رمادا، والأمهات اللواتي فيهن حنانا يَنفُقن بعد الأربعين أو الخمسين، جميعُهن بعللٍ جسدية أو نفسية، والرجال في منتصف العمر فإمَّا يترمَّلون وإمَّا يتزوجون لأول مرة، والشباب لا يقدرون على تكاليف الزواج، وقد اكتفوا ببعضهم البعض، وانسحبوا تاركينَ

الساحة للنسوة السليطات اللائي أصبحن لا يحضن قبل الأربعين، يتزعمن ويقودن ولا يشأن أن يتزوجن، أو يتزوجن ثم يُطلقن بعد شهر أو عام من الزواج، أو يكملنه ولا يشأن أن يحملن، أو يحملن ولا يشأن أن يلدن، أو يضعن قيصريا ولا يفضّلن أن يُرضِعن، ولا أن يُربين أو يسهرن، فيقررن أن يُجهضن ويأذن أنفسهن، حتى لن يبقى بها من مواليد، فتحولت أغلب دور الحضانة إلى مشاريع استثمارية، وتقلصت أعداد مدارس التعليم الأساسي، واستبدلت أبنيتها بالمباني السكنية الشاهقة. وكأنما شبح ظلامي دميم جاثمٌ فوق الصدور، وغدا يغشى كل سماء المدينة بحدٍ أكثر من ذي قبل، فيحجب عنها نور الشمس، ويبتلع ضوء القمر، حتى ظهر الشيب سريعا على أطفالها الذين بالنهار يكدحون، وعلى المواليد الجدد الذين باتوا يتناقصون، وكل يوم يصير فجأةً من يصير من سكّان الأحياء الخمسة مجردَ رقمٍ آخرَ من تعداد سكّان «الجَبّانة» الكبرى، والوحيدة فوق هضبتنا بأقصى الجنوب الغربي.

وتمنيت في حياتكَ لو كنت قادرا على الكلام معك ولو لمرة واحدة وجها لوجه كما أنا قادرٌ الآن على الكلام مع صورتك المعلقة عاليا بدهليز البيت، لكن وأنا أكتب لك هذه الرسالة النصية بالهاتف يكاد شبحٌ أسود عظيم يشحنهم فرادى إلى دورهم الجديدة، قبل الأوان بأوان، بلا أي مقدمات، وبلا أي ألم، أو سكرة موت ملحوظة. وقبل عام، سُنّت قوانين جديدة، بأن من يموت يذهب إلى مثواه الأخير وحيدا، فقد أشيع بالمدينة أن الميت لا ذكرى له، وقبل ليلة واحدة من مغادرتك لم تسهر في «الجنينة» كعادتك، بل مكثت بغرفتك حتى كادت أن تشتعل من غزارة الدخان المنبعث من «جُوزتك»، و«معسِّلك» القصّ، و«الحَجَر» السقيم الذي نزلت لتحضره بنفسك من نعيمة الفتاة الرجل التي تقف مع والدها في «الغرزة» أمام البرج برغم أنك لم تكن تتحمل سماع صوتها الذي كان يثير هلعك، لتظل تسعل بالشرفة في شراسة، وأنت تصيح في غمرة نشوتك، وتعزف على آلة «الكمان» بسعادة غير مفهومة مشاكسا في جارنا سعيد، وبصوتٍ صارخ تقصد إزعاجه حتى تشفي غليلك من ذلك الوغد الذي لطالما قلت عليه بأنَّ «ناموسيته كحلي»، إذ أنَّ زوجته يوميا لا يحلو لها خفق البيض لإعداد كعكة الكاكاو بدون لبن للأولاد ـ إلا بتمام الواحدة بعد منتصف الليل، حيث يجتمع بأسرته الكبيرة لمشاهدة فيلم السهرة بضجيج عالٍ غير مبالين بغيرهم، وكأنهم يعيشون لوحدهم بالعمارة، فكنت تضبط ساعتك قبلها بساعة مع تمام انتصاف الليل، وقبل أن يبدأ صوت الخلّاط بالصراخ والعويل تكون قد استعددت لتسبقه إلى الشارع ريثما «ينخمدون» وجه الصبح، فتبدأ بالتفكير في العودة.

ومن جاور السعيد يسعد، فلِما لم نسعد بمجاورة جارنا سعيد يابا؟ ولِمَا يسعد هو وأسرته وحدهم كل ليلة؟ وبليلتك الأخيرة أسمعك تغرق في ملكوتك مع أغنية «هذه ليلتي» حتى أذان الفجر، وسمعت جدران شقّتنا تُرج من فرط حماسك، وانسجامك، واندماجك مع آهات «الست» المحمومة، ومع أخر نفسٍ لك من السيجارة فارقت أنفاسُك الحياة، وخلّفتْ تلك الرائحة المعتقة التي تسكن زوايا غرفتك حتى الساعة ولا تبرحها. وتركت بعقلي خللا عميقا نافذا، جعلني في ربكة واضحة، لا أعرف كيف ينبغي أن تكون مشاعري في موقف كهذا؟ وكيف لي أن أخفي الحزن حتى لا يظهر أمام السكّان؟ وعادةً ما أحرص أمامهم على إظهار حزني على ما لا يحزنني في داخلي، وأحسُّ بمشقة عظمى في محاولة ادّعاء فرحتي على ما يفرحون له، أو محاولة الضحك على ما يضحكهم ولا يضحكني. ومع ذلك فإن تعابير وجهي الخافتة لا تخدمني البتّة، وإيماءات جفوني أثناء الحديث لا تَظهر لهم سوى متناقضة، وغير عفويّة، عدا عن كونها في معظم الأحيان غير منطقية بالمطلق، أو ليست متوقعة كردّة فعل طبيعية على كلام مثله.

ومع أنني أعاني بشدة لتصنّعها خلال أغلب المواقف الاعتيادية المتكررة ما يستنزف كل طاقاتي ويزيد من إرهاصاتي الذهنية وتضعضعي النفسي البيّن فإنها بالتالي تُفشّلني في توصيل أفكاري بعنايةٍ، وتركيزٍ، مطلوبينِ لتفاعلٍ جيدٍ، ومُجدٍ، بل وكثيرا ما تكون إيماءات مُحيّرة تُوصِل للآخرين معنىً عكس الحقيقة، فينطبع بعقل من يستمع إليّ بأنّني سعيدٌ وإن كنت غاطسا في الحزن، وحتى أدائي اللفظي المتعذّر وغير المنّسق عند الحديث في أية أمور ولو كانت بسيطة فإنه يكشف بسرعة حبستي عن الحكي، والرُّتة الخفية على الرغم من عدم شدّتها ولكنها تظهر تعثري في القول، وتبين توتري المستمر، وإيقاع عباراتي غير المنتظم يشعر من أمامي بعدم قدرتي على التبيان، فيقل انتباهه لما أقول، أو يتغاضى عنه فيتجاهله، أو يقطع كلامي فجأة محرّفا مجرى الحديث ومسيطرا عليه. وعلي بن الحاج فرج أبو منى ابن أخيك عبد القوي «عَيّل غِلس»، ويرى نفسه لحد أنه لا يرى الآخرين، ولا يمكن أن نبقى أنا وهو في فصلٍ واحد، فالوقت الذي يكون فيه «بالحِصّة» يُعيد عليّ نوبة الذعر التي قد تستمر بعدها لأيام، فهو يصيبني بجرعة زائدة من المهانة أمام التلاميذ، فأبدو ذبيحة يتشارك الجميع في سنِّ السكاكين عليها، وأتذكر أنني أردت بيوم أن أحكي لك عن ذلك، ووجدتك تطالع صحيفة الأخوة الدوريَّة، وترتشف قهوتك المسائية، وتتأوه بقوة حينا وبفتور أحيانا كثيرة، ولا تبالي.

وفيما قلة خبراتي الحياتية في اكتساب المهارات اللازمة للتواصل البصري والجسدي، والمعاني الاجتماعية التي ما ساعدتَني في تعلّمها، ولا أطلقتَني في الشارع لتلقّنها، فإنها تميط اللثام بأقل مجهود مني عن اختلال مداركي التفاعلية،

وقدراتي الحسيّة، ما تختل له وظيفة الكلام لديّ من الأساس، فإن تحدثت قطع من أراد أن يقطع حديثي دون قدرتي حتى على استرداد دفَّتي، كأنما الكلام حق مسلوب، ومع الوقت أكتشف أنني ما نطقت يوما بجملة واحدة مكتملة من أولها لأخرها وذات معنى. لماذا لم تكن تكترث يابا؟ حكيت لك مرتين بطريقتين مختلفتين، وكنت أرتعش من الغمّ، وأتعرق من مجرد تذكّر صباح يوم أن قام الواد علي شبح الفصل دون إذنٍ بينما أشرح على السَّبُّورة درس الجهاز التناسلي الذكري ليسألني مقاطعا يقول:

ـ مستر، هو نحن جئنا إلى الحياة لأجل ماذا؟

فما كان مني إلا أن ارتجفت الطباشير من يدي، وصمتُّ حينما ارتبكت من فجأة السؤال، ولمَّا لم يجد مني ردًّا مؤدِّبًا له سارع ياسر «أنتيمه الأغلس منه» ابن عمه الحاج علاء أبو هبة بالوثوب وهو يحرِّك وسطه بوقاحة أمام التلاميذ قائلا :ـ «جئنا لنفعل هكذا»، وما أنقذني منهم سوى جرس «الفسحة». وكما لو كنت أخادع نفسي أتظاهر كثيرا بأنني قليل الكلام، وإن لم يكن طول صمتي عن تفطّن كما أحاول أن أقنع نفسي، وإنما عن قلة حيلة في توارد الكلمات على لساني، نظرا لهروبها من رأسي، وفرارها من خاطري، وهذا ما اكتشفت أنه ما كان يوما خافيا على السكّان الذين كانوا أسبق مني في التعبير عن نفسي، ووصف شخصيتي الظاهرية بالضعيفة والمهزوزة، فأجدهم يتطوعون بحثا عن تبريرات لسكوتي غير المفهوم لهم، واستيعابي الاجتماعي البطئ بينهم، ذلك بأنني إمَّا وقعت على دماغي وأنا صغير، وإمَّا أنني وقعت على أسناني فأكلت لساني. وإن لم يسبق لي أن وقعت نهائيا، فمن الأسلم لي أن أسايرهم فيما يظنون حتى أسيّر أموري معهم، ويلتمسوا لي عذرا، ويقيني الداخلي بحاجتي إلى العلاج بات يتضاءل شيئا فشيء؛ لعدم اقتناعي بأنه نافع بعد مضي العمر، ومن جانب آخر لعدم استطاعتي في أخذ المشورة من أحد تجنبا للاستهزاء، أو الاستهانة، أو التيئيس من حالتي؛ ودرءا للأذى النفسي الذي لا يرحم إن شاركت أوجاعي مع الشخص غير المناسب، فأين أجد الشخص المناسب إذنٍ؟ ومع الوقت ما عدت قادرا على الاحتفاظ بمجرد ابتسامة تَبسط وجهي، وتفك جموده؛ لأنني كما يقول السكّان عني غبيٌّ مختلٌّ عقليا، وفاشلٌ اجتماعيا، ومضطربٌ لدرجة بعيدة، و«أطلع» لمن أعني؟ من شابه أباه فما ظلم يابا.

وفي الواقع أنا غير متأكد من أنني حزينٌ على فراق جسدك، فأنت مفارق بروحك منذ زمن، ونحن لا نلتقي إلّا للحظاتٍ صامتينَ على «ترابيزة السُفْرَة»، أو عبر خطابات مدسوسة بيننا تحت «الريسيفر» فوق حامل «التليفزيون» برواق الطعام المجاور للمطبخ، وبها تُدوّن متطلبات البيت، أو أي ملاحظات

أخرى. وكان من «الروتين» اليومي المعتاد أن أقوم بفحص الخطابات، والقصاصات المعلقة على الثلاجة قبل أن أغسل وجهي، وتكون أنت بغرفتك ولا أراك إلا بالرواق إن صادف أن نجتمع، أو المحك أو ألمحك ذاهبا إلى «الحمام»، أو عائدا من المطبخ تبحث عن شيء تأكله. وحتى مع ذلك فلست واثقا بأنني مرتاحٌ، لا بل أرغب بالبكاء، وكأن سبب فجيعتي في الأصل هو عدم تمكني من سؤالك السؤال الأشد ألما وإلحاحا قبل مغادرتك النهائية عن المدينة، فهل كنت تعلم بالأمس أنك تقضي ليلتك الأخيرة فعلا مع «الست»؟ وهل أفشى لك جواد الموت المجنَّح بذلك ليجعلك تُحزِّم حقائبك إلى الخلود في كل تلك السعادة، والراحة، والرضا، والنشوى بالغناء. ويا ليتك أخبرتني بموعدك قبل أن أكتشف أنك ما تركت لي سوى عِلم في الصندوق أسكننا أمام «الجَبَّانَة» بهذه الشَّقَّة الشبحيَّة الخاوية من الونَس، والخالية من الهمْس. وأورثتَني اسما مقدوحا، ومذموما، حَرَّفَه سكَّان المدينة الوقحة إلى سُبّه في جبيني مدى الدهر، وقد كنتَ فخورا بما أنجزته في تاريخك من اللاشيء، غير آبه بغيْبتك الدائمة؛ حتى حُمِّلتُ العار، واشتَلتُ الخزي، فشكوتُ إليك هواني عليهم، واحتقارهم لي. وإذ بكَ بكل سلام نفسي لم أعهده منكَ تطلب مني أن أبدو فخورا، وتحاول إقناعي بأنَّ من قوة الشكيمة، ودماثة الخُلق ألَّا أحزن من «الشتيمة»، أو أهتمُّ حين ينادونني في المرواح والمجيء، ومع كل إقبال وإدبار، بأستاذ «عبده المضطرب» مدرس العلوم. ومن الواضح أنني اعتدتُ الانكسار، وإهدار كرامتي مع الوقت، حتى صرتُ بارعا في أداء الشعور بالراحة، وعدم الانزعاج؛ حيال السخرية مني في أي مناسبة. أيَا «عَالَم»، أيَقذفني السكَّان بحجارة متسخة بفضلات كلب نجس و«يشيلونها» ويحطُّون بها فوق أمي وتطلب مني أن أتقنَّع بالابتسامة ولا أبالي؟ لا، والله ما هذا الانكفاء الفجّ، والانخساف المهين، إلَّا لقهر يمنع المروءة تعرضتَ له في صغرك، حتى أنجبتَني ما عندي إلَّا النواحُ، والشكوى، مضطربا يخاطب نفسه صباح مساء كلما أراد أن يفضفض، وأمَّا سيف ابني، فالله وكيله.

والحزن مدينة قائمة بينما غرقت في أعماقي، وكلما أردت الشعور بالرضا عن نفسي يمنعني السكان بأعينهم الزالقة، ونظراتهم الشزراء، وألسنتهم المتنمرة، وأنت كنت راضيا كل الرضا رغم إيذاءاتهم، أوليس كذلك يابا؟ فهل كانت سعادتك في الرضا؟ وهل أرضى فأستكين عن ظلمهم طوعا؟ عُد وأجبني بالله عليك. وماذا أفعل إذا وقد ناحت على الأيْك الحمائم، والحزن لا يفارق محيطي، وأسامة الفار صاحبنا يهاتفني كلما عاد إليه الهلع وأراد النواحَ على برائته التي يؤلمه طمسها في عمر زهرته، وهو قد صار بنفس عمري، ولا يكاد ينسى ما حدث معه بصباه؟ وكيف راوضه ذئب تربَّص له بمطواة «قرن غزال» خلف شجرة بالجنينة التي

كان يهرب فيها من «شَكَّل» أبويه؟ وكيف انتزع رجولته يومها منه، وألقى بها أمام عينيه في وجه البحر بعيدا عنه؟ وكأنه أذهب بمفتاح سَوَائِه وإقباله على الحياة إلى الأبد. ثم يعود، ويسألني قائلا :

ـ أنا ما هذا الذي أفعله؟

وإنَّ خبطتين بالرأس لَتوجعنَّ كثيرا، وبعد ولادة سيف بعامين اختفت الحنون علا العيوطي والدته، وهجرت جوَّالها وعليه محادثة غرامية مع آخر، ومواعدة على لقاء، ولكنها ذهبت ولم تعد منذئذ، فهل أفشت إليك بسرِّ رحيلها المفاجئ يابا؟ ومن ثم ترحل أنت، ولا تخبرني عن الأسباب مثلها، وكأن سفرك أمرٌ مرتبٌ له، وكأنك ذهبت غير منشغل بمصيري بعدما ترحل، ثم أجدك تنظر لي من لوحتك الزيتية التي تحتفظ بها من عشرات السنين، وأنت قاطب حاجبيك غضبان، وتغمز لي باتجاه غرفتك زائما بكلام لا يبين. وعندما دخلت إليها شعرت وكأنك قررت التنازل مرة واحدة عن «دولاب» ملابسك الأسود ذي المرآتين المصقولتينِ، و«مَرتَبتك» «السُوسَت» المريحة على مهادٍ من أغصان ريف الشمال، وعن وسادتك المعطَّنة برائحة سجائر «الأخوة»، و«كُرسيك» الزان الهزَّاز إلى جانب سريرك، وتلفازك الألوان المشفَّر بقنواته التسع، و«ريموته» الأسود فوق «طاولة» منخفضة مقابل السرير، وعن «تَسْريحَتك» الصغيرة ذات المرآة الطويلة والدرج الواحد، وعليها مفرشٌ من قماشٍ أسودَ فوقه مشط وزجاجة تركيب لعطر ردئ من محل «أبو ملك» للعطور، وصنف «كريم شعر» انتاج الشركة لا تغيّره.

و«الكومودينو» الخشبي بدرج صغير به أزواج جوارب سوداء وكحلية مكررة، وعليه «كاسيت» كبير بسمَّاعات «كاسيو» سوداء مضيئة، ولها أذنان لاسلكيان مرفوعان، وعلى الجانب الثاني «كومودينو» آخر مغلَّق عليه بقفل معدني لا أجد مفتاحه، وفوقه سمَّاعة «جرامافون» كبيرة وسوداء، و«تليفون» أرضي قديم ذو «بلْيَة» دوَّارة. وبالقرب من باب «بلكونتك» «ترابيزة» مكواة، وقد تركتها بالأمس لتبرد في وضع مستقيم، ويتدلى من عليها قميصك الأسود الوحيد، وسروالك الداخلي الأسود ملقى بالأرض إلى جوار «شبشبك» الكحلي اللون. وهذا حذائك المدبب الذي لم تكن تستغني عنه محتفظا به في علبة صغيرة بها «ورنيش» كحلي وفرشاة. وكما ساعة يدك الفضيَّة ذات الوجه البيضوي، ونظارتك الطبيَّة السمراءَ، وحزامك الجلد ذي العروة المستديرة، وميداليتك المعدنية على شكل قطرة ماء وعليها شعار فريق «ناصح» الرياضي، وخاتمك الأسود بحجر عقيق، ومحفظتك وبها صورة وبضعة «كروت» سوداء. وهذا حوض السمك وبه خمس سمكات من فصيلة «البلاك مور»، ومثلهن من نوع

أسماك «المولي» السوداء. فيما تحت سريرك صندوق ضخم منحوت في حجر أسودَ، وعلى فراشك فوق «الكوفرتة» وفي قلب علبته هاتف «نوكيا» قديمٌ بإطار كحلي، نظيف كاستعمال الأطباء، ومعه شاحنٌ أسود متصل «بفيشة» الكهرباء إلى الجوار مباشرة. وأمَّا هنالك في ذلك المرآب الفسيح المقابل أسفل العمارة تغصُّ سيارتُك «اللادا» السوداء في النوم تحت «مِشْمَع» أسودَ. إنَّ هذا لهو كل ما تركته خلفك يابا، وأقسم لك كما لو أنَّني أرى كل متعلقاتك لأول مرة.

وكم كنت غارقا في السواد يا عبد المطلب، وكل شيء غير الأسود لا ترتاح إليه، وكل ركن بداخل غرفتك تنبعث منه رائحة السواد، من أول جدرانها المطليَّة بدهان مطِّ أسودَ عاتم، إلى أرضيتها من «البورسلين» الأسود، وما عليه من بساط طويل مخملي الوبر. وهذه أول مرَّة أدخل فيها إلى غرفتك، فقد كنت تُحَرِّج على أحدٍ أن يدخلها في غيابك، وكنت تغلقها بمفتاح غرف النوم الطويل قبل نزولك، وكان لمَّا يعوزك أحدُنا في شيء يطرق على الباب طرقتين حتى إذا أجبت أغلقت الباب من وراك، وذهبت معه إلى الرواق لتتحدث إليه، أو تنظر في حاجته، وكأن أحدا آخرَ يسكن معك في الغرفة ولا تبغي أن يراه أيّ منا، وكأن أناسا آخرين يسكنون معنا ولا تود أن يسمعونا.

وغرفتُك على عكس غرفِنا، فإنَّ سقفها أعلى، ومستطيلة، بآخرها «بلكونة» بشرفة مفروشة «بنجيلة» اصطناعية سوداء، وعلى رأسها قفص حديد به زقزوق وزقزوقة زوجا طيور «البادجي» الحلية السوداوينِ المنقَّطينِ باللون الكحلي، ومنقاريهما وجناحيهما المرقطان كذا بلون كحلي، واللذان كنتَ لا تنفك تحكي لنا عن يومياتهما على المائدة، وإنَّهما ما يزالان يزقزقان من بعدك، فهل تظن أنهما قد يعلمان برحيلك؟ وماذا سأقول لهما يابا؟ ومـاذا أقول لسيف حين يعود من المدرسة ويعلم بسفرك، وكم كنت أتمنى أن أشعر يوما بحبٍ منه بادي لك، ومتبادل بينكما، كأي أسرة سليمة ومترابطة، وكم كنت أشعر بالحسرة عندما أسمع منه كلمات بغض لك إذا ناديت عليه، أو إذا تمرَّد على تعليماتك الصارمة المعلَّقة على باب الشقَّة من الداخل، وعلى «الثلاجة»، وكم من مرَّة حرمته فيها من حقَّه الشهري الذي حدَّدته أنت بنفسك بجدولٍ لزيارة «بلكونتك»، والاستماع بمناظرَ زَوجَي العصافير، والسلحفاة نرجس الصحراويَّة السوداء المرقَّطة بالكحلي، وأصيص «الأوركيدا» السوداء.

وهذه تعريشة «السوسن الملتحي الأسود»، وهذه زهرة نبات «خشخاش منتصف الليل»، وهذا حوض الأسماك السوداء بأسمائها المختلفة التي كنت تتفاخر بها، وكأنهم أبناؤك الحقيقيون الذينَ تهتمّ بهم، وكان هناك شيئا آخرَ تحرص عليه، وتقضي في عنائه جلَّ وقتك. فالشرفة المتسعة والوحيدة بالمنزل تقع بغرفتك

البحرية الكبيرة التي تفصل غرفة سيف الصغيرة بأول الدهليز ناحية الباب عن غرفتي الشرقية الخانقة والمطلة على البحر المختفي وراء الجبال، وعلى عكس غرفتينا فهي غالبا ما تواجه تيارات العواصف الترابية القويَّة الآتية صيفا من جهة الجنوب الغربي، ودرجت العادة أن تكون محمَّلة بكميات هائلة من رمال الصحراء الساخنة حتى نهاية فصل الصيف في مثل هذه الأيام، فكنت تنهمك يوميا في تنظيفها، وكنت كثيرا ما أراك حاملا معك «المقشة» و«الجاروف» من وإلى المطبخ؛ حتى تعبِّئ منها في كيس أسود كبير تصرِّفه معك وأنت نازل.

وغرفتك بالصيف هي قطعة من سعير بينما على النقيض كنت تنعم فيها بالدفء التام خلال فصل الشتاء حيث تهب الرياح الباردة القادمة من الساحل، ولذا قمت بتسييجها بشبكة حديد ذات أبواب تفتح على «المَنْشَر»، وعندما تعلن أرصاد الشركة عن قدوم العاصفة الترابية الصيفية تسرع بوضع لوح الاسفنج العريض عليها حتى تتأكد من ثباته ومن سدِّ المسامات، ثم تجلس خلف صرير الرياح مضيئا «الأباجورة».

وبنهاية «البلكونة» من جهة اليمين حيث طاولة مستديرة قصيرة، وعليها جريدة مفتوحة على صفحة «الكلمات المتقاطعة»، وبجانبها قلم جاف أسود حبره ناشف، و«لبَّاسَته» ما تزال متآكلة بفعل أسنانك القاضمة كما لو أنَّك أنت الذي كنت تتآكل من كثرة التفكير في حلِّ مشاكل المدينة. وشقتنا ترى جزءا من الساحل الغربي ولا تصل إليه، وتحجزنا عنه جبال شاهقة شديدة الالتواء تضمُّ من خلفها منتجعات فارهة تتنبع الإخوة، ولا يمكن الوصول إليه إلا عبر ممرات معبَّدة لها بوابات إلى داخل شاطئ البحر. ودارنا على مساحتها الواسعة وبساطتها إلا أنها تشبه علب «السردين» بحي الخامس، الذي يقع على الجهة الأخرى المقابلة في الركن الجنوب الشرقي للمدينة حيث يضم كذلك منطقة المستودع التي تضم مجموعة من حاويات ضخمة منصوبة بقلب الصحراء لعزل المجرمين ومنتهكي القانون العام، وهي التي لا تعرف الشمس في حين تلتصق ببعضها البعض فيما تشبه الخزن الحديدية. وإنَّني حين أتأمل من بعيد في مجمعنا السكني الكبير ألاحظ تصميم شرفتك على شكل بيضة سوداء نائمة على إحدى جانبيها بطرف الدور الأخير بكرتونة بيض من مئة وست وخمسين بيضة مقسمة على ثلاثة عشر طابق، وتعلوها ألواحُ قِرْميد كأحجار فحم أسودَ بلون لياليَّ السوداء يابا، وبلون الباب الخشبي الأسود الذي يتقدم منزلنا، ولا يحاذيه شيئا غير سجاجيد الجيران المتراصة في صف واحد ممتد من جهة اليمين خلال ممر طويل بنهايته المصعد الوحيد بالعمارة. وبيتنا مقسمٌ بخلاف المطبخ والحمَّامين إلى صالة استقبال كبيرة بشباك حديد على «المَنْوَر»، وثلاث غرف نوم يخترقها رواقين متعامدين، وفيما

غرفتك البحرية المطلَّة على صحراء الجنوب هي الأكبر على الإطلاق، كما أن بيتنا هو الأكبر من بين الشقق، فمساحته المربعة تزيد عن المئة وخمسين متر، وإنَّ ذلك هو منزلي الذي يؤويني وجه الليل، وإن بدا مبهرا لأكثر الناظرين، فكأنَّه قبرٌ في ناظري.

والغريبُ أنَّك دونا عن شقيقك الأكبر عبد القوي الذي وُصمت بلعنة الاضطراب، ورغم ذلك فأنا أحمد الله أنه لم يهب لي أي إخوة؛ حتى لا أشعر بالكمد وأنا أراهم يتمتعون بحياة سويّة من دوني، بالطبع هذا ما كان سيحدث، وبلا شك أيضا أن هذا ما سيحدث مع سيف ابني، وهو اليوم ثلاثة عشر عاما، ولا يزال متوحدا مع صاروخه، وقطاره، وعربته، وطائرته المزعجة، يقضي معهم جُل وقته، يتحدث إلى كلاب سوداء من دُمى، فتحدثه، ويهجو العساكر، فتأتي العفاريت، ويقبضون عليه، وقد يبقى في زنزانته بالأيام، يقضي عقوبته على «بُرش» فراشه، لا يأكل ولا يشرب، حتى يرضى الشبح عليه، فيأمر بالإفراج عنه، ويخرج من غرفته ليلعب مع أطفال البرج، وما إن تمر أيام معدودة حتى يعود إلى عزلته، ووحدته، وعفاريته، وغرفته التي يحتلها الشبح الأسود، وكلما شعر بأن أشباحه غير راضين عنه ينقطع عن الطعام والشراب، حتى يرضوا فيأكل. ويا سلام لو أمسكتُ بهذا «الجين» الأمين الذي لا يخلف عهدا، «جين» الخنوع الذي أسّسته في نسلك. يا سلام يا سيف لو تعلمت التمرد بحق في صغرك، لا أريدكَ يا بني مثل جَدك، لا أريد أن أراكَ تخاف أحدا، أو تهاب شيئا، لكن كيف يابا؟

وقد كنتَ فذا في علمك تهوى المطالعة، لكن ما إن «طلعت» على المعاش المبكر حتى أشاع السكان أنك فقدت عقلك، فقد أصررت على لَمِّ عِزالنا من أرقى أحياء المدينة إلى زاوية مهمَّشة حيث السكان يرمون ذكرياتهم. عندهم حق والله، فمن عاقل يفعل هذا؟ ومن حينها وأنت تسير نائما، وتمشي هائما في الليل، وتعود وجه الصباح. وكم كنت حاذقا، مُعلما مُنفِّرا، ومُعقِّدا، لم يحبه تلامذته، وكان أخوك عبد القوي جرّاحا نبيها، وناجحا، يده مصنوعة من حرير، يقوم المريض من تحته كأنما لم يمرض قط، والسكان يقولون بأن بها مفعول السحر، ليس فقط في الشفاء، وإنما في تحسين وظائف الأعضاء. ويقولون أنه قام بزراعة مخ مُطوّر جينيا لطفل متأخر النمو العقلي، ويقسمون بأن هذا الطفل صار له مخا لا يُضاهى، صار عبقريا لدرجة قدرته على حل أي مسألة رياضية في غضون ثوانٍ، والجميع شهدوا بأنه تفوق وتفرّد على أترابه، ونجح هو فيما فشلت في إنجازه معه، ما استلزم نقله من المدرسة الإعدادية التي كنتَ مديرا عليها؛ حيث لم يعد في عقل من هم في مثل عمره بمدرستك، بل سبقهم بمراحل. ولكن ما هذه الضحكة العجيبة التي تعلو وجهكَ في لوحة الشرف؟ فمُكَ ممدودٌ بلا انقطاع، كأنك في غمرة سعادتك،

فهل كنت تعرف أصلا معنى السعادة؟ أم كنت تفرق بينها وبين الانبساط؟ مع ذلك تبدو أنوما سعيدا، وكأنك قررت مداواة جراحك بنفسك، وأمَّا أنا فأبدو حزينا إلى الأبد، ويأبى جُرحي أن يندمل، وفي الواقع لست سعيدا بهذا الرحيل، ولست في قمة الحزن، بل هي رجفةٌ قويةٌ تدبّ في أوصالي، وشهية عارمة تجول بين عروقي، تجعلني أريد أن أرقص، وأن أهزَّ كياني.

فالليلة سأكون على موعد مع رقصة جادّة للحزن، والأجواء بالأسفل وفي الشوارع تبدو مناقضة لذلك الحزن المخيّم بمنزلنا. أغاني، ورقص، وطبل، وزمر، و«هيصة» بكل مكان، وكأن الحزن لا يزور دورا غير دارنا، ولا يعرف قلبا غير قلبي. وكما لو أن السماء ترقص في البيوت، والأسواق، ونهى الكاستن صديقتُنا المطلقة تلحّ عليَّ منذ مغيب الشمس لحضور حفل عيد ميلادها الخامس والثلاثين في الدور السابع، وأعلم أن كل الجيران سوف يحضرون، هذا إن لم يحضر سكّان المدينة بأكملهم. لكنهم كذلك يعلمون بأنكَ انتقلت هذا النهار، ونهى لا تجد حرجا من إقامة حفلها رغم هذا الظرف، ولو تعذّرت لن تقبل عذري، بل قد يصل الأمر إلى حد الريبة في إلتزامي بالقوانين، أو قد يشي بي تايسون لدى ناصح ابن عمي، فما العمل؟ وبالطبع سيدخِّنون القُنب حتى الصبح، وستتكدس الأدخنة السوداء القميئة في صدري، وغير أذني التي سوف تُدعس برجفات «الدي جي» الصاخبة، لكن كله «كوم» وأغنية «النار النار» التي تشغلها منذ صياح الديكة بينما كنت تتجهز للرحيل «كوم» آخر.

وتايسون اتصل بي، وميدو «الهجّاص»، وأسامة الفار، وكذ وائل الناغي، ونهى الكاستن اتصلت بي أكثر من مرة، حتى أم الهنا كله امرأة بشندي البواب صعدتْ إلى الطابق الثالث عشر لتذكرتي بموعد الحفل، وفي كل مرة تجزّ على ضروسها وهي تهدد إن لم أحضر، وأنا أشعر بالخجل أن أرفض لها طلبا، فوعدتها بالنزول في الموعد المحدد، والآن مرّت ساعة كاملة ولم أنزل بعد، مع أنك لم تعد موجودا، فلِما التردد إذن؟ لكن ما شاء الله يبدو أنه حفلٌ كبير جدا، حتى صوت الأغنية «طالع» إلى هنا، وبمجرد أن فتحت باب الشارع سمعت ضجيجا لا يطاق. سامحني «بقى» والنبي، فيبدو أنه لم يمت اليوم في المدينة سواك، وأنا أريد تغيير قصّة شعري، أريد أن أظهر سعيدا أمامهم بلا حدود، وهذه الملابس تغمرني بالحزن والكآبة، وسأنكشف، لعل تغييرها أفضل حل. شعري سيعود إلى الوراء، وسيكون لامعا، ما هذا؟ وجهي شاحبٌ، عيني ما تزال دامعة، وكيف لي أن أرتدي نظارتك الطبية السوداء وهي تثير ضحكهم؟ لكن حسنا، «كِريم» الصنفرة خاصتك تركته لي بالحمّام، إنمّا كان يُفتّح وجهك وينضره. تلك خلطة سحرية في أنبوب ليّن، كما كنت تقول يابا، وهذه ثاني مرة أفكر في تجربته من ورائك.

الله يرحمك كنت «رايق على طول»، ميتٌ وتاركٌ «فَرْكتك» كما هي، وتأبى أن تُلف في ورقة «بفرة» بيدِ أحد غيرك، كنت ستلفّها أول صحيانك، قبل الماء أو الدواء. وأظن أنك أخذت حسابك وأنت نازل بالأسانسير في كفنٍ هذا النهار، وهم يضعونك مقلوبا على رأسك، وقدميك ملتصقة إلى السقف في وضع عمودي، كانت أغرب جثّة رأيتها في حياتي. وغادرت، ولم يغادر صوتك حتى بالأسانسير، ورائحتك ما تزال موجودة في كل ركن به، تذكرني بتلك الهيئة التي سافرت عليها، فهل أنت مرتاح في وضعك الجديد هذا يابا؟

ويا ليتي أقدر على إعادة رأسك كما كانت، أو أن أريحك من هذا العذاب، فيما أظنك أصلا في قمة الراحة وأنت على وضعك الغريب هذا، وأخشى أن أعيدها مكانها تنهرني كما كنتَ تفعل. أخشى أن تنفجر في وجهي غاضبا، فتسمعني مما لذّ وطاب من كلام لا فائدة منه ولا معنى، أو تصيح بكل أسرارنا على باب الشقة كأنما تقصد إسماع الجيران الذين لم يكونوا يبالون لك ولا لتهديداتك لهم في محاولة فاشلة لإثبات وجودك وسطهم، فيما يقولون عنك إنك مضطرب تفترض نظريات مؤامرة غير واقعية، وتؤسس لأفكار غريبة لا أصل لها ولا وجود سوى برأسك، من قبيل أنهم يتفقون على هزيمتك، ويتّحدون في وجهك، ويريدون الإيقاع بك، فلماذا كان كل ذلك يابا؟ ولكن هيهات، فأنت تبقى كما أنت، تواجه جارنا سعيد برفع صوت أشرطة «الكاسيت» في الشرفة، أو تحدف أكياس المياه القذرة على رؤوس مرتادي قهوة بشندي من إزعاج صوت الطاولة، أو تقذف الأولاد في الشارع وهم يلعبون نهارا ولا تقدر على النوم بسببهم، فكنت تحارب بكل تلك الأساليب الطفولية كل من يحاول العبث بمزاجك، أو يقطع عليك نومة هانئة، أو يفسد عليك أمسية مثالية مع «الست».

-2-

«رَقْصَةٌ جَادَّةٌ للحُزْن»

تفتح لي نهى بنفسها؟ أعلم كم تتخذني أخا، فقد أرسلت إليها برسالة نصية أخبرها فيها بأنني على الباب، ويا ليتها ما فتحت. يا بُويا، ما كل هذا المسرح الكبير الذي يعجّ بالمرتادين؟ كما لو أنها غرفة بالسماء، الجيران متكومون بداخلها على امتداد البصر، هم سوادٌ غير مرئيين، ولكن ظلال الكؤوس الراقصة واللامعة في أيديهم تنمّ عن بهجة تغمرهم. ولو كنت تعلم بأنني سأذهب إلى هذا الحفل العامر لكنت تعمّدت كسر مقبض الباب وتدّعي أنه كُسر غصبا عنك، فتذهب على أول الشارع، وترجع بعدّة الشغل من شاكوش، وأزمير، ومسحجة، ودبابيس فظة، ومفكّات مختلفة، وفي لمح البصر تعيد تركيبه، الله يرحمك «بقى»، فلست مضطرا اليوم لتغيير مقبض الباب، وقد نزلت إلى الحفل رغما عن كل مكائدك.

ونهى مغرمة بهذه الأغنية الجديدة، وربما تكررها دون ملل ملايين من المرّات حتى صيحات الديوك. يا سلام يا عبد المطلب، أتكون ذهبت إلى النار فعلاً؟ أم تكون نار السُّكّان هي جنتك في العالم الآخر؟ ويا له من فأل. وتذكرت كم كنت متناقضا سلبيا، و«مُحنْتِفا» في حالك، تحرص على إرسال بناطيلك إلى عم حلمي المكوجي فالدور المسروق، ومثلما «تَحنْتَفت» وضبطت نفسك لتضعني أمي في الشهر الثاني عشر من السنة تماما كما وُلدت. وكنت دقيقا في كل شيء لحد تمسكك الشديد بآخر شعرتين في رأسك، وكنت تشتري لهما من أصناف العبوات، وأبهظها. وما كان جَدي الأستاذ عبدالبرّ «محنتفا» مثلك بل كان وقورا، إنما لِما في تلك بالذات لم «أطلع» لك؟ يمكن لأنه في هذه المدينة لا أحد يشبه أحدا تمام الشبه؟

وكان قلبي يحسّ، توقعت بأنهم سيستهلكون الوقت في النميمة، والتنمر، ومن غيري أفضل وسيلة لذلك؟ وأنهم سيشبعونني مما لذَّ وطاب عنك، وعن مواقفك السخيفة المتحفة، والمسلية كذلك، ومن ثم يعرجون على شعري اللزج، ووجهي البيضاوي المنطفئ الذي يشبه محّ البيض، ورائحتي العطبة التي لا تغيب عني، وصدري المتدلي، وأجنابي المقعقعة، والمترهلة كأربة ماء على غير سِمنة، وقميصي المنتهية صلاحيته، وتطريزة بنطالي القديمة، وحتى قضيبي الدقيق الذي لا أعرف كيف انتشر خبره في المدينة بهذه الطريقة العجيبة. ونهى الدبَّة عزمت كل المدينة يابا، ولا أفهم كيف تسنى لها أن تفعل ذلك، أعلم أنها تحب الحياة، وتعشق التباهي والبهرجة و«الإكسسوارات» الكثيرة، إنما امرأة «شاطرة» ومحبوبة بحق، وربما سر سعادتها في حبّ الناس لها، وربما سرّ حب الناس لها

في حفلاتها الكثيرة الصاخبة، والتي لا تخلو من الهزل. وصحيح أنها لم تحضر دفنتك، لكن يكفي عزاؤها لي رغم الخوف من القوانين. ورغم أن لديها بنتان وولد من عماد البهائي طليقها السابق وزميلها بالمشرحة الذي لم تَدْعُه إلا أنها لا تزال حسناء الوجه، تخطف الكحل من العين، وقد خطفت قلوب السكّان بسمارها الرائق، وطلّتها الزاهية في الفستان الأسود ذي المرايا، ورشا صاحبتها بنت الحاج سامي ابن عمك تمسك لها بذيل الفستان وهي تخرج من غرفتها لتستقبل المهنئين، ولا أذكر أنه قد سبق لك أن رأيت رشا هذه التي ترأس قسم الموارد البشرية بإحدى شركات أبيها، لكنني وصفتها لك من قبل بأنها امرأة بيضاء قصيرة وممشوقة القد مع نحافة نوعا ما، ذات تسعة وعشرين عاما، وترتدي أغلب الوقت نظارة رفيعة لطول النظر فوق أنف مدببة، وتكاد لا تظهر فالخلفية من شدة بدانة صاحبة الحفل الأطول منها، ومع أنها من سكّان الحي الثاني لكنها أصرّت على الوقوف إلى جانب صاحبتها «الأنتيم» في يوم كهذا.

وأعلم بأن نهى لم تكن تنزل لك من «زور»، وكنت تراها فكأنما شبح المدينة يجثو على صدرك، ولم أعرف أحدا كنتَ تحبه، غالبا ما كانت تتأرجح مفرداتك حول السكّان بين عدم القبول والرفض، والتي كنت تطلق عليها اسم «الدبّة»، وتسخر من حاجبها المرفوع دوما، ويبدو أن القلوب عند بعضها، فهي كذلك لم تكن تتوانى عن الجهر أمامي بهذا البغض العميق الذي تكنّه لك، وبلا شك فالحفلة اليوم ستكون على شرفك. استحمل «بقى» يابا، وخذ عندك. فالحكمة من القانون الصارم بالمدينة الذي ينهى عن ذكر محاسن الموتى تكمن في أنه طالما بقيت لهم محاسن فلما تركوها؟ وفي هذه السهرة ستحذف من الهواتف أرقامك، وسيتناوبون على الطعن فيك، وفي كل مرة أعمل بنصيحتك، فأبتسم، وأهزُّ رأسي، وكأن الكلام «على كيفي»، وكأنني أمسك بذات السكينة التي تُقطّع في لحمك كما أقطعُ مع الدبّة الكعكة الكبيرة. ماذا لو علمتَ أنني شربت الشاي مع الكعك؟ لكانت ثارت ثائرتك، وطفقت تهوّل من أضرارها الشنيعة، حتى توفّر من ثمنها. أعلم حقيقة أنك كنت تحرص على كل «جنيه» يخرج من جيبك، معاشك بالكاد يكفي «اصطباحاتك»، و«قعداتك على القهوة»، وأدوية «السكر» التي تُبقيك بلا ضيق في التنفس أو غيبوبة من كثرة التدخين. أحسنتَ حرصا يابا وتدبيرا، فدوما هناك أوليات، وبالطبع السجائر في هذه المدينة السوداء على رأس تلك الأوليات، كما أن السكّان يحبون الأكل، و«يشغّلون» أدمغتهم في التفنّن فيه، وابتكاره، وعربات المأكولات صارت المشروع الأعلى إرباحا على الإطلاق، وهم يتهجمون على الطعام كما يتعاملون مع بعضهم البعض على أنهم ليسوا من نفسٍ وروح وجسد، و«يتشطّرون» على بعضهم البعض، ويتعاركون على

أي شيء، ولأجل لا شيء، وأراهم يبيعون الهواء في عبوات، كما باعوا مياه الصنبور في الزجاجات، وعرضوها بالمواقف العامة، ومادام المشتري «كده كده» موجودا فالكل رابحٌ وكسبان.

وكل مساء كنت تنصحني بأن الشيء الوحيد الذي يستحق أن آخذه على صدري هو نفس السيجارة، وإنما هذه الحياة الدنيا فلا تستحق. ولكن ما العمل؟ وأنا غير قادر على شد العادم الغليظ بقوة بصدري، في حين كل بغضٍ للحياة يتراكم في أحشائي حتى ذقني، «أجيب» من أين رئة فولاذية كرئتيك لتتحمل كل هذا الركام؟ وكم أكتشف أن نصيحتك كانت غالية، تعتقد أن هذا السبب في تعاستي؟ لو كنت نشأت على حب السجائر المحشوة لمَا صرت مضطربا في أعين السكّان؟ وأنا أعلم كيف أنها كالخمر في هذه المدينة، بخلاف أني ولا مرة شربته فيها وشعرت بخدر أو «روقان»، أنا أصلا لا أفهم معنى كلمة «الروقان». وقلتَ أنك تريد أن تراني أدخّنها لمرة قبل موتك؟ ظننتكَ لم تقدرني رجلا لهذا السبب، وقد نضجت اليوم حقا بما فيه الكفاية حتى أبدأ في تدخينه، أنا ماذا ينقصني إذن؟

فليكفي هذا الدخّان الأسود القمئ الذي يحجب الأعين، لم أعد أرى أمامي بينما أصواتهم تتصارخ في جلبة فظيعة، وكأنهم يتعاركون، ويتشنجون في رقصهم كمن به مغص معوي، وكأن كل سخط على الدنيا يظهرونه على شكل حركات وهزٍّ بأجسادهم حتى يغمى على أحدهم، وكأنهم مجانين في جلسة علاج جماعية بالصدمات الكهربائية. وكل منهم يؤدي دورا تمثيليا بمشهد من سايكودراما يفرغون فيه كل طاقاتهم، وانفعالاتهم، واحباطاتهم. والمزيكا الجديدة صارت «دَوْشَة» يابا، ولا تشفي النفس، وكلماتها تسلب منهم العقل، والقيم، حتى لن يبقى منهم غير شهوة وعضلات في مدينة متشحة بالعنف، والتوتر الدائم، وصراعات المعيشة المستمرة بين سكّانها. وأنا ما الذي جاء بي إلى هنا؟ لأحضر «زّار» الجنون هذا؟ أم لأسمع كل هذا الكلام الفارغ من معناه، ونمائم أهل المدينة البشعة، وأظل وحدي صامتا، غير متحمس لأي شيء، فاقدا لأي طاقة فرح، منكبا في شاشة الجوّال أراسلك عبر محادثات «الياهو»، وبرأسي عشرات ومئات الأسئلة. فهل جئت جبرا للخاطر نهى؟ أم خوفا من «تبريقة» أم الهنا كله؟ أم لأنني أردت تناول الحلوى الكثيرة التي حرمتَّني منها من كل الأصناف، والألوان، والأشكال؟ أم أنني ما عدت أتحمل الوحدة، والبقاء طويلا في الغرفة بمفردي؟ وفي الحقيقة لا يمكنني وصف مشاعري، أنا أصلا لا أعرف ما هي تلك المشاعر التي أحملها في صدري، بل ما الذي كان في نيتي جعلني أقرر الرقص فجأة؟

وكل من هنا أعرفهم واحدا واحدا، «عِشرة» سبعة وثلاثين عاما، وأعرف كم هي وضاعتهم، وكم هو انحطاطهم، وسواد قلوبهم، فلا ينبغي لأحد أن يحب

الخير لأحد، والأذكى من يحب نفسه لدرجة العبودية، ومن يقدّس شركة الإخوة لكل شيء تقديسا أعمى. أمّال أنت تركتَ القطار من زمان، لِما يابا؟ أليس لأنك توقعت بما ستؤول إليه الأوضاع بالمدينة؟ ألم تكن تعلم بأن بقائك بخدمتك في التعليم العام مرهون بعدم رفضك لسياسة توغل الشركة في كل صغيرة وكبيرة من شئون المدرسة؟ ألم تكن تعلم بأن «طلوعك» على المعاش المبكر كان مسألة وقت؟ ألم تكن ذكيا بما فيه الكفاية حين اخترت طلب إنهاء خدمتك «بكيفك» قبل أن تُجبر عليه؟ ليتي أقدر أن أفعل مثلك وأقدِّم على معاش مبكر. وما يزال يثير ضحكي كلما قرأته كلامُك عن المبادئ في روايتك البائسة التي اصفرّ جلدها، ولم يقرأها أحد. وعلى النقيض منها، أتذكر حديثك عن المبادئ أنها كثوب كلما استُهلك على أصحابه كلما ازدادت رثاثته، فبانوا أكبر بالعمر، وكلما حافظوا عليه ازدهر، وبانوا فيه أكثر شبابا، أمّا وإن كنت ثريا تلبسه لمرة واحدة وترميه تزداد فرصك أكثر للوصول، واقتناص السعادة. ولكني لم أعد أحتمل يابا، يجب أن أجبر هم على إيقاف هذه الأغنية، كأنك تصرّ عليها في حفل تأبينك، فهل ذهبت إلى النار حقا؟ لماذا لا تجيب؟

ونهى تريدني أن أرقص كما يرقصون، وان أبتهج كما يبتهجون بفرحة مؤقتة كاذبة على أنغام النار بينما يسألني سيف عن الجنّة، ويبدو أن الأغنية تروق له بشدة، فكل دقيقة يجذبني من طرف كمّي ويتحايل عليّ حتى أطلب منها أن تعيد تشغيلها. ألا يجب أن يشعرني ذلك بالاطمئنان عليه، فقلة التمرد وعدم التفلسف فالحياة يضمن له مستقبلا باهرا بالمدينة، وهو يتماثل للشفاء بصورة لافتة. أنا سعيدٌ بذلك، لكني حزين عليه، حزين لأني ظننته مشروعي الخاص الذي يجب أن أعدّه ليكبر على التمرد، ويتحدى جينات جَده بكل همّة وجسارة، لكني أفشل في نهاية المطاف. طفلٌ، وأرى في عينيه بهجة، وعلى غير عادته، لم يدعني أنزل بمفردي، فوجئت به يلحّ في طلبه المجئ معي. الآن يا بني تريد مشاركة والدك؟ كبرت يا سيف، و«بقيت» أقرب لأفكر في مصيرك، فهل ستحمل الهمّ للأبد مثل أبيك؟ أم سترتدي ثوب البائس السعيد مثل جدّك؟ مع ذلك فكلاهما خيار صعب. الدبّة من يمكنها إيقاف هذه المهزلة، كفى تمسخرا بلكَ أمام سيف، كفى خوفا من الناس، وخوفا من انتقادهم اللاذع حتى لو كنتُ آتي بما يخالف قوانينك المحبّكة، فأنا أريد الرقص على أغنية «البيت الكبير» الذي هجرت العصافير أوكاره، والوحدة كما النار يابا وأنت سيد العارفين. أريد أن أرى وجهي في المرآه، لأجدني كبرت فجأة، ولأجد عمري في لحظة مرّ، والذكريات باتت ألبوم صور. أريد أن أحزن حزنا حقيقيا، وأن تتنسق أفعالي مع مشاعري، أن أسمع الأغاني الحزينة حين أكون حزينا، وأسمع الأغاني المبهجة حين أكون مبتهجا. ولكن في هذه المدينة غير

مسموح لك بالحزن، فالسعادة إجبارية، والبهجة إفتراضية، ومن أراد أن يبكي فعليه بمحاكاة الرقص في غمرة الإيقاعات الصاخبة، وفي جميع الأحوال ينبغي لي أن أرقص لأبدو مثلهم.

وإنهم لثمة «مسطولين» مضطربين حمقى كلهم، ويدَّعون بأنني المضطرب؟ يظنون أنهم وحدهم من على صواب، وأن من يخالف القوانين فهو قطعا على خطأ، ولا يسمحون لمختلفٍ وسطهم مهما كلّف الأمر؟ وما الضير في أن أرقص جادا في حزن على الألحان التعيسة؟ وأن أتمايل باكيا في شجن؟ فأنا حتما لم أعد أقوى على إخفاء مشاعري، وحتى الرقص الجاد للحزن غير مسموح به. يريدون الرقص بوقاحة على النيران، ويرفضون الرقص بجدية ووقار على الأحزان، والأوجاع، يريدون أن يدخّنوا القنب بشَره، ويرفضون شرب اللبن حتى لا يفسد «الدماغ» التي يكلّفونها من شقائهم بالليل والنهار، ويتذرعون بأن الشركة لم تجيز بعد شربه في هذه المدينة السوداء، فما عادوا يقبلون عليه، حتى صار لتر اللبن الواحد يعادل ربع مرتب شهر كامل.

وهذه هي اللحظة الأهم، لحظة التمرد الحقيقية على قوانين المدينة، اللحظة التي سأبدي فيها حزني كاملا غير منتَقص ولامختلط بفرح ضرير، وعلى عينك يا تاجر، ومن لا يعجبه يخبط رأسه في الحائط الكبير، أو يشرب من ماء البحر القريب. إنها لحظةٌ سأستعرض فيها آلامي، وأحزاني، كنطّار قمح خشبي يرتدي كِساءً أسودَ، يزدهي بصلابته وبطشه على هشاشته وقلة حيلته، يبدو متماسكا قبل أن ينخره السوس، وتحطمه الشمس الملتهبة، يرفع ببطء يدا إلى السماء وأخرى إلى الأرض، ثم قدما إلى الأمام، وأخرى إلى الخلف، ثم يلتوي على نفسه في حركة واحدة كأفعوان رشيق، ويهبط فجأة على الأرض، ثم يصعد على مهل. وفي كل هذا يجب الحرص على ألا أغرق بجدية في حزني، فيما أدرك حجم العاقبة على مخالفاتي، وأعلم كمَّ السخرية التي سأتلقاها على رقصتي الجادّة للحزن. ويا ليتني ما نسيت حذاءك يابا، وتعلم أنه في عرف هذه المدينة لا يُفهم أن يرقص أحد على فراق عزيز له دون ارتداء حذائه، لكني أثناء الرقص الجاد أجدني أتجاهل النظر في أعينهم المتفجرة بالامتهان مني، والمنكبة في الضحك الهستيري على منظري البائس أمامهم، ولكن يبدو أن أمرا أهم من رقصتي الجادّة يستحق أن يلفت الانتباه، ولكن لا يعطى الحلق لمن بلا أذن، وكيف كنتَ تُخفي امتعاضك من الجاه الذي وصل إليه بأقل مجهود شقيقك الراسب الأكبر عبدالقوي؟ كيف له بأقل مجموع أن يدخل إلى كلية خاصة للطب، بل ويعيَّن أستاذا بقسم جراحة المخ والأعصاب بتقدير مقبول، قبل أن يصير رئيسا له، حتى أمسى أشهر جرّاح بالمدينة، وكل هذا

في أقل من عشر سنوات؟ وكلما ذكرت لك اسمه انتابت رأسك التشنجات، فتظل تلوّي فيها كحمامة أصابتها الروشّة.

ولتعود يا عبد المطلب لتشاهد كيف صار اسم ناصح أصغر أبنائه يضرب به المثل في المدينة كلها؟ وهو حين يجول بسمائها تعمّه عمائم الشغف، وتحيطه كوكبة من ظلال التبجيل. وحتى الحفل بكل صخبه توقف، والجميع يسمعون طنينا طغى على أصوات «الدي جي»، فيتوجهون إلى الشرفات للنظر إلى موكب سعادته، وأبقى وحدي جالسا، ولكن الضباب الساقط على وجه المدينة يحول دون رؤيته، ولا يُسمع من موكبه البعيد إلا همسات خافتة، فيأخذني الفضول لأقوم وأرى عبد الصمد متولي عكيش بركنٍ بعيد يهمس بأذن أسامة صاحبي، ويعضّه من طرف أذنه بينما يقف معه لوحدهما يدخنان، وذلك الرجل هو رفيقه الجديد السمّاك الأسمر ذو الثمانية والثلاثين عاما الذي تعرَّف عليه مؤخرا، وما شاء الله طويل القامة لديه قوة أعصاب رغم بنيته القليلة من اللحم ما يجعله يبدو هزيلا رغم أنه يزن من العظام، فقامته مفرودة، وساقاه دقيقتان لكن وكأنهما وتدان مثبّتان بعمق في جوف الأرض، وقد وصفته الدبّة بأنه صاحب أخشن صوت، وأقذع لسان، وأزفر رائحة بالحفل كله.

ومن ثم أرى ميدو صاحبنا وهو يقف في زاوية مع إسلام الليثي الذي كان مطرب حفلات قبل أن يضيق عليه الحال ويعمل في قهوة بشندي، وأعلم أنك لم تكن تقبله وكنت تنعته بذي الوجهين رغم أنه محبوب من الجميع؛ ربما لأنه أبيض أجلى الجبهة وسيم ونحيف ببدن معضل وشارب منتوف ووجه ناعم جذاب لا تنبت فيه لحية وبشعر رأس خفيف، ما جعله يبدو كأنما يرتع في النعيم ولم يشق من قبل، مع ذلك تجده دوما لا يحتكم على عشرات جنيه بجيبه، فهو من سكّان الحي الخامس العشوائي، ولديه من العمر ثمانية وعشرون عاما. ومن وراء ستارة رأيت تايسون صاحبنا يقف مع مصطفى البطل ذي الثلاثين عاما، وهو ذلك الشاب العازب الأنيق الذي تربّى على الغالي والثمين، ويعمل مدير خدمة عملاء بإحدى فروع الشركة بالقرب من محل إقامته بالحي الثاني. وفي الناحية الأخرى أرى وائل الناغي صاحبنا يستفرد بنور الخولي، وهو شاب غني من سكّان الحي الثالث لديه سيارة فارهة وكثيرا ما يتشبّه بالبنات ذي أربعة وعشرين عاما، وقد سبقت له دراسة الطب قبل أن يتوقف ليدرس العلاج الطبيعي ويعمل بعدها مُدلِّكا خاصا ما جعله يلعب بالأموال لعبا رغم رعونته وصغر سنه، فالتدليك وأماكن الاستجمام العامة والخاصة صارت من أكثر الخدمات طلبا وإقبالا عليها من قبل السكّان. وأما صاحبنا إبراهيم النشّار فرأيته يُجلس فوق رجليه «الواد» كوكو البسيوني «المِلقَّط» ذي الستة عشر ربيعا، والذي يعيش مع أسرته المعدومة

بالحي الخامس. فكل واحد منهم يابا وجدت معه من يستفرد به ويسامره، وكل واحد منهم يجد من يرغب فيه ويميل إليه، وأنا أستفرد بابني وهمومي وأحزاني وأكتفي بهم، ولكنَّ سيفا يثب من بين حجري، ويريد أن يدع يدي ليتعرف على الحاضرين، أنا خائف عليك منهم يا بني، ولا أعلم كيف أتصرف معك؟ هل أرخي لجامك إليهم وأتركك تتعلم بنفسك كيف تتعامل معهم؟ أم أقبض على يديك كما قبضت على أنفاسي يابا طيلة سبعة وثلاثين عاما.

وفيما المحتفلون يتمايلون بأكواب الشاي وبيد كل واحد منهم سيجارة، ويتزاحمون على الشرفة حتى طالت أعناقهم وهم ينظرون إلى السيارات من وراء الضباب تزفُّ ناصحا من على جسر المدينة الأكبر، والأعلى، والأعجب على الإطلاق حيث عرضه يزيد عن الكيلومتر، وطوله يتعدى مئات المترات، بينما يرتفع مائتي مترا يشقُّ سماء المدينة طولا إلى نصفين من أقصى جنوب الصحراء وحتى جسر النهر الوحيد في الشمال، وعلى الأرض ككعكة كبيرة يقسم إداريا صدر المدينة الذي ينخفض بأكثر من خمسة مترات عن سطح البحر إلى حي «ثاني شرق»، وحي «ثالث غرب»، فيما يربطهما الحي الأول مشكلا وسط المدينة وأقدم أحيائها.

وكجزع شجرة باسقة في السماء هائلة الفروع، ومن فوق سطح بيتنا بالحي الرابع أعلى أحياء المدينة ارتفاعا عن سطح البحر كنت أتأمل في جسور المدينة المعلَّقة بعنق السماء التي تحجب عن أحيائها ضوء الشمس بأصابعها الكبيرة فتحتفظ بالحرارة والرطوبة الشديدة التي يشتكون منها، وهي تشبه قطارات الموت بملاهي الساحل الشرقي المرعبة التي رأيت صورها، وكيف تنبثق من رأس جذع الجسر الرئيسي وتتفرع منه بنهاية هضبتنا عشرات وعشرات من الأفرع من جسور أخرى أفعوانية متوهجة الأعمدة الشاهقة كالنجوم، وملتوية على بعضها البعض صعودا وهبوطا، ومغزولة في شبكة صيد بطريقة ما عجيبة جدا هندسها وحده ناصح ابن أخيك الذي صار عبقريا دون أن يخبر أحدا؛ ليتنقل من فوقها بسياراته المختلفة دون الحاجة للنزول لأرض المدينة من أول مقر شركته ومصانعه بالجنوب وحتى معامله الخاصة في غابات الشمال. وكنت أتتبع أذرع الأخطبوط الملتفَّة بعدستك المعظمة لأيام تلي أياما، ومن خلف الضباب الأسود بنهاية متاهة «السلم والثعبان» تلك اكتشفت أن ذلك الجسر الأكبر لا ينتهي على الأرض بل في السماء عند جناح عظيم به صرح كبير كهودج من زجاج بالطابق الخمسين، وهي أعلى نقطة بسنام برجه الضخم المحدب الذي لم أر مثيلا له، وإذ يقف شامخا بمركز المدينة الأشد انخفاضا على الإطلاق، فِلما لم تمت شامخا هكذا يابا؟ أو مثل أبيك الأستاذ العظيم عبدالبرّ الذي مات شامخا؟ ولو أنَّك كنت ميتا

في شموخ لما يتوقف قدح السكّان لك، إنهم يذكرون تاريخك المهني، وانجازاتك الرائعة، ومع ذلك لم ينتهوا عن وصمك بالمضطرب.

والمطر الأسود بات أمرا اعتياديا كل ليلة، وهو عندما يسقط تكثر جرائم القتل، والسرقة، والاغتصاب، فيما تعج نوادٍ ومقاهٍ في وسط المدينة بالمرتادين الراغبين في الرقص، وتدخين النوع الجديد الذي يتحدثون عنه، ويقولون أنه مهدأ ثيران بينما الشركة صرّحت به مؤخرا، وأغرقت به حيينا قبل غيره. والبشر هناك بوسط المدينة ليسوا كالبشر هنا، والرقص هناك ليس كالرقص هنا بمنزل الدبّة، وبحسب قول ميدو إن النَفس الواحد من هذه «التعميرة» الجديدة إلى جانب أنها باهظة السعر لكن تجعلك ترقص لأيام، تجعلك ترقص مرتخيا تماما، وربما لن تشعر بأقدامك تلمس الأرض. وقيل أنها تجعل الرجل يطير على بساطٍ إلى بيته، ويدخل على زوجته من الشباك، ويضاجعها عن بُعد وهو على مكتبه، وهي على سريرها. وقيل أن «النَفس» الواحد منها يعادل رطلا من ذلك الصنف المدعّم بسوق سور «الجبّابة» الخلفي قبلة متوسطي الدخل أمثالنا، كما الفقراء المعدومين ساكني الحي الخامس والمستودع. ألم تعرف أن تنتظر قليلا حتى تتذوق من هذا النوع الذي يتعاطونه بالحفل ويُقرضون فيه الشعر؟ فأنا أعرفك لا تأل جهدا إلّا وتكون من أوائل الذين يجلبون الأصناف الجديدة إلى بيوتهم وأسرهم، وبقيتَ تُصبّر نفسك بأغاني «الست» مع أنفاس الصنف القديم الرديء على أمل أن تعيش هذه اللحظة الكريمة، وكم أشعر بالحزن لرحيلك وأنت لم تذق تلك السعادة الأسطورية التي انتظرتها.

وميدو «الهجّاص» يأتي إلينا بالأخبار أول بأول، وهو في الأصل قُنباوي كبير، ولمّا يقول أن هذا الصنف الجديد يضرب كل الأصناف الأخرى في مقتل فهو صادق بلا شك. وأنا منشغل جدا بالتفكير في الحكمة التي حاشتك عن تجربته، فهل كان سيُمد في أجلك لو كنت جرّبت منه حقا كما يدّعي ميدو صاحبنا؟ ولكن في هذه الساعة السوداء من الليل التي لا يرى بها أحد أحدا تتهجم أصوات «دي جي» أخرى مرتفعة إلى الشرفات، تصدر من غوغاء جاءوا من الحي الخامس، وهي منطقة أقل انخفاضا من منطقتنا، بل كثير منهم كانوا في الأصل من سكّان المستودع السفلي قبل أن يفرج عنهم فيخرجوا منه، وقد هجروا جحورهم، وصعدوا منها، وانتشروا حول بنايتنا، وخيّموا أسفلها، ويبدو أنهم يبغون منافسة حفل الدبّة.

وبعد أن استهلوا افتتاح جزارة «البغل» بالذكر شغّلوا أغانيهم الشعبية، وهم يوزعون اللفائف على المدعوين بالشارع، وهذا ما لم يعد مقبولا في نظر سكّان البرج، فهم يظنون أنفسهم راقيين مثلهم مثل سكّان وسط المدينة، أو سكّان الساحل

الشرقي، وهم إن سكتوا على هذه المهزلة، فستكون استباحة منطقتنا ديْدَنهم للأبد. فيما يبدو أن بعض الهمهمات راحت تستنكر ما يحدث، فما هي إلا لحظات وأمست الجلبات المرتفعة تملأ جنبات الحفل، وتغطي عليه. فشلت كل محاولات نهى للسيطرة على حفلها الذي طغت عليه أغنيةُ «الذبابة الملعونة» بالأسفل، ويا لها من لعنة، والله يرحمك يابا لو كنتَ بيننا ما تجرأ الذباب على غزو عمارتنا، كنتَ فورا أشهرت سلاحك الفتّاك فوق الرؤوس، أعلم أنكَ كنت تحرص على شراء البيض لا لنتناوله مسلوقا في الصباح وإنما من باب «وأعدوا لهم ما استطعتم»، ولكل حي من أحياء المدينة قوانينها الخاصة التي لا يُسمح بتجاوزها، والدبّة تصيح بأن هؤلاء الغجر جاءوا ليتجاوزوا كل الحدود، ويتأسّدوا علينا، ولكن من الواضح أنهم مسنودون للدرجة التي تجعلهم يجبرون أحد سكّان البرج وهو صاحب المحل في الدور المسروق على بيعه برخص التراب، وتركه لقمة سائغة في يد المعلم البغل، ثم إن الشكوك تساورني، وأقطع بأنه ليس إلا غطاءً لشركة أولاد أخيك، والتي تُعتبر صاحبة الأسهم الحقيقية في محله الجديد، وناصح عبدالقوي يفضّل الإبقاء على يافطة البغل ستارا لنشاط شركته المستفحل في كل صغيرة وكبيرة بالمدينة. وكان عندك حق عندما قلت لي إنَّ بهذه الطريقة وحدها يضمن لهم التوسع من دون شعور السكّان بهم، أو إثارة انتباههم، لكن ناصح لم يعد يهتم بذلك، فهم يدرك أن اختياره له لهذا النشاط التجاري الجديد بهذه المنطقة الحيوية بالحي الرابع سوف يهيّج سكّانها؛ لأنه وفقا للقوانين الإجتماعية جاء من منطقة أقل وضعا اجتماعيا، وبالتالي لا يحق له أن يصعد عليهم بهذه الصورة الفجّة، أمَا وجد ناصحا بغلا آخر أقل غباء ليمثّل هذا الدور؟

وماذا لو كان المعلم البغل ذبابة سقطت في فمي يابا، لكنه ذبابة جهنمية بدروع مسننة، وقد أمسى جليا أن الحفل فسد، وأن أغاني أصحاب المعلم بالأسفل لم تعد تحتمل، بيد أن الجيران اتّحدوا فيما بينهم على كلمة سواء، ولأول مرة في حياتي أرى منهم بادرة مثل هذه، ولأول مرة أرى في نظراتهم كل هذا الكم المحتشد من التمرد والغليان الذي يكفي لإشعال البرج بكامله بألسنة لهيب تبتلع كل من يحيطها، حتى ابني سيف تأثر بهم، ويعود لجانبي وأنا أحاول النظر من الشرفة ويسألني بجدية قائلا :

ـ لمَا علينا أن نسكت يا أبي؟ أليس من حقنا الاستمتاع في بيوتنا كما نشاء دون أن يفسد الدخلاء علينا الحفل؟

وفي كل مرة أبدو مختلفا، وفي كل مرة أبدو مضطربا، فأنا لا أجد ضيرا في ذلك، ربما لأنه ليس حفلي؟ ربما لأن الجميع غارقون في بهجتهم الزائفة المؤقتة، وأنا غارق في حزني المتداعي المستمر، ولا أريد أي شئ أن يقطع سيل أحزاني؟

ولكن نهى تدرك بأنهم لن يسكتوا على ما حدث؟ وسيثرثرون، ويتجادلون لأيام قادمات، وستتصاعد فيها حدة النميمة، وربما يشتبكون بالأيدي، أو يتعاركون بالأرجل، من أعجبه الحفل؟ ومن لم يعجبه؟ من يظن أن الحفل فسد قبل أوانه، ومن يظن بأنه كان ناجحا إلى حد بعيد، ونهى الكاستن إذ تميل على آذان الضيوف فهي تهمس فيها بذكاء اجتماعي لافت، وتشحنهم على التمرد ساعية وراء مصلحة شخصية بحتة لأن يتحركوا سريعا ويفعلوا أي شيء يمكنه إنقاذها ومنع حفلها من الانهيار، وإيقاف العار الذي سيلاحقها أينما ولّت في المدينة، وما أمرّ عليها من شماتة عماد طليقها السابق فيها.

وميدو صاحبنا «قُنباوي» كبير وهذا ما يجعله عصبيا ومتهورا إلى حد المبالغة، وبالطبع فهو أول من يستجيب للمشاكل، وقد أخذته العزة والحماسة المفرطة لأن يدّعي بأنه سيقتل المعلم البغل إن لم يتوقف عن هذا الاستفزاز، ولكن كلماته ليست واقعية، والدبّة تسعى لإنهاء هذه الفوضى، وليس لإنهاء حياته؛ فهي تخاف منه، وميدو يبدو جادا في وعيده، فهو يخترق الجميع ليقف ظاهرا بالشرفة بيده مذياع ضخم، وبينما العادم الضبابي الأسود يغشى كل شيء، ولا يمكنه حتى رؤية أي أحد منهم بالأسفل، مع ذلك صدح بتهديدات مسترسلة سخيفة، وكذلك فارغة؛ لأنه ما أن انتهى حتى وجدنا كل الغوغاء يقتحمون بوابة البرج في عنفوان جارف لا يمنع تدفقهم مانع، حاملين معهم جنازيرهم، وخناجرهم، و«مطاويهم»، وسواطيرهم، يلهثون على السلالم إلى الطابق السابع، فتبعثر الجبناء، وتفرق الجمع في غمضة عين، وهرب الجيران خوفا من بطش المعلم ورجاله، حتى الدبّة تركت الجمل بما حمل، وهربت من منزلها فورا، بمجرد رؤيته ماثلا أمام باب شقتها بجلبابه العريض وصوته الجهرّ، وبيده مرزبّة.

وأريد أن ألتقط ابني ونتبخر، لكن يظهر أن سيفا لن يُحضر سفينتنا إلى البر، وفيما لم يبقَ بداخل المنزل غيري أنا وهو، وبعدما صرنا في مرمى الهدف مباشرة، وبينما أفكر بالاختباء بأي ركنٍ صغير يباغتني أحد رجال المعلم بلكمة قوية أفقدتني صوابي. وفي خلال سقوطي الراقص المتلوي أرى سيفا يقف شامخا في عزة، وكبرياء، كما لم أره من قبل، وهو يسهم عينه بعين المعلم في تحدٍ لم أعهده بحياتي منه قط، وقبل أن أفقد وعيي بلحظة، أردت التكبير حين سمعته يصيح مغوارا بوجهه يقول:

ـ أنتَ أيها البغل من تخال نفسك؟ هل تطعمنا لحوم البغال حتى لا نعصي لك أمرا؟! اضربني إن شئت بقبضة يدك أو اقصمني بساطورك فأنا لا أهابك.

[ ]

-3-

«أُسْتَاذُ السَّقَا مَاتْ»

صباح الخير يابا، أسبوعٌ مرَّ على فراقك البيت، وكأنك غادرت منذ زمن، وكأني أتنفس الصعداء. ولأول مرة أستيقظ من نومي على رائحة غير رائحة اللفافة الكثيفة، رائحة طعام غريبة لا أفهم كيف تسربت إلى غرفة نومي. هذا غير معقول، بيضٌ مقلي على الصباح؟ من الذي يقلي البيض في المطبخ؟ ياه، والله كبرت «قوام» يا سيف، وصرت تحضّر الفطور بنفسك دون الحاجة لأحد. وآهٍ ثم آه، لو رآك جدك تقلي بيضه، لكان أطاح بالمقلاة في وجهك، وخاصة لو كان على الصباح، كان يفرضه عليك مسلوقا في المساء، ويمنعه عنك مقليا كما تحب، يكون أسدا عليك يا عصفور، وعلى الأغراب يستحيل قطة. ولكن كيف؟ ومتى؟ صرتَ تخرج من عزلتك، وتواجه الآخرين، وتعتمد على نفسك؟ بل وتحضّر الفطور لأبيك؟ يا ترى يا عبدالمطلب لو كنت رأيت هذا التغيير الطارئ على حفيدك كنتَ ستطبّ ساكتا؟ لكن لا تأس عليه، فأنا قررت أن أحمل لواءك من بعدك، وهذا البيت لن يعرف التمرد على القوانين ما دمتَ حيا، أليس هذا شعارك في المنزل؟ قبل أن تصدق توقعاتك، ويأتي اليوم الذي أراه فيه يخرج على خوفه، وعلى قانونك العام الذي كتبته بخط عريض على شريحة «كرتونة» بقلم «فلوماستر» أسود، تقول فيه :

ـ ما دمتَ حَملا دمت سالما.

والله لا أعرف كيف يجب أن تكون مشاعري؟ هل أفرح به وهو يعرف كيف يعيد حقه؟ أم أحزن عليه لأن مستقبله سيكون على المحك؟ فكل السعداء في هذه المدينة يقدمون فروض الولاء والطاعة للشركة، أما برجنا المختطف في الجحيم فيكفي أن ساكنيه مهمشون في زاوية ضئيلة بربوة عالية بأقصى الجنوب الغربي بعيدا عن قلب المدينة الحي، وكانت أساسا قرية رعوية مهجورة بها مقر منتهى الجسد البشري. وأمّا أن يبقوا بسطاء لا أمل فيهم وأن يحرموا من جنّة ناصح وشركة إخوته ويعيشوا في نار المدينة السوداء فهذا أقل عقاب لهم على عنادهم، ورفضهم الانضمام إلى ركب السعداء من أصحاب الشركة، وإصرار الكثير منهم على البقاء في القطاع العام رغم انحساره. شكلك كنت فاهم يابا، رغم أنه لم يكن يبدو عليك، وكيف يبدو وأنت كنت حريصا طيلة الوقت على تأكيد اضطرابك لتضمن السلامة؟ ومن كان يعلم بأن حفيدك الذي شحذت كل همة لتنشأه مضطربا مثلك خوفا عليه من الغد سيتغلب على قلقه؟ وخوفه؟ ويترك «جينك» إلى الأبد بينما يستعيد «جين» آبائك وأجداده.

وحان الوقت لتطبيق سنّة المدينة على سيف، وقد بلغ لتوه، وينبغي له أن يدخّن في سنٍ مبكرة؛ حتى لا يصير مع الوقت مثل أبيه، يتمنى لو أخذ أول نفس له بحياته في مثل عمره. وأنتِ على حق يا نهى عندما قلتِ لي إن الولد يكبر ويصير أكثر انعزالية عن المجتمع المحيط به في المدرسة، الأولاد بالصف في مثل عمره يدخّنون، وهو لم يفعل ذلك بعد، بينما ابنها مدّثر صار اليوم لا يذهب إلى المدرسة بدون سيجارته، واستفزتني حين قالت بأنني أريد أن أراه عاطلا يشحذ على الأرصفة ولا يجد قوت يومه؟ لكني لن أفرح أبدا حين أراه يكبر مختلا ومضطربا. فما العمل يابا؟ كيف أجعله يحب السجائر المحشوة التي يصنعها الأخوة؟ أنا أخشى عليه أكثر من أي وقتٍ مضى، ولا أظنني سأعيش أطول منك.

وأرى الموت هو الحلقة الأولى في سلسلة السعادة الأبدية، والمستقبل في هذه المدينة يمكن أن يكون كله لكَ يا بني. ولكنه يأبى الذهاب إلى المجمع التعليمي الأكبر بالميدان القريب، وقد كنت تديره قبل طلوعك على المعاش المبكر، وبه مدرسته الإعدادية التي تشبه «الخرابة»، والتي ظللت بها أعمل حتى قررت أن أفعل مثلك وأقدم على معاش مبكر. واليوم صارت أبنيتها متسخة بشكل قميء بعدما غزاها أبناء سكّان الحي «الرايق»، فكدَّسوا فصولها، وأفسدوا نظامها، وأدارها الحاج علاء أبو هبة بنظامه مرسلا أبناءه إليها. فلو كان بيدي لأدخلتك مدارس الأغنياء في وسط المدينة، حتى وإن كان بعيدا نوعا ما، ولكن ما باليد حيلة يا سيف، تعلم أن يد أبيك محدودة، وفي هذه المدينة لا توجد مدارس جيدة لأبناء طبقتنا المتوسطة وقد عادوا قلة لا تُلْقِ الشركة لهم بالاً.

فلا هو اندمج مع أبناء العامة يابا، ولا هو تعرَّف على أبناء الأثرياء. فهل تعتقد أنه سيصاب بالخرف المبكر، والاغتراب النفسي، وفقدان الهوية مثلي؟ أم أنه لا تزال هنالك فرصة للحفاظ عليه من براثن الشركة الغائرة؟ وللأسف الشديد الغوغاء هم الأقرب لنا يا سيف، وهم حولنا أينما ولّينا خلفنا، والأفضل لك هو اندماجك معهم. أحبك كثيرا يا بني، وأخشى عليك من مستقبل شبحي ضبابي كعادم هذه المدينة البشعة. وجدي الكبير عبدالبرّ كان يتحدث معي، وكم كنتُ أحب أن أنظر إلى صورته كل صباح، أكلمه ويكلمني. بيد أن العباقرة الحقيقيين في هذه المدينة انتهوا منذ زمن، وجدي كان فلاحا من الشمال قبل أن يضحى علما من أعلامها، كان نحّاتا بارعا، وكاتبا ملهما، سرعان ما علا اسمه خفّاقا في سماء المدينة، لكن أحدا ما عاد يُرجع الفضل لأهله، عادتهم أم سيشترونها؟ كيف لهم أن يتنكّروا لكَ يا جدي، ويزيلوا اسمك من كل تلك الطُرُز الفريدة التي نقشتها؟ كيف لهم أن يهدموا العواميد والأبنية العظيمة؟ ولم تكن تتوقع أن يأتي يوما فيه الناس لا

تذكر محاسن موتاهم. لكن أليسوا على حق يابا؟ فماذا تُجدي ذكرى محاسنه، وكل ما صنعه ذهب سُدى، وقد ضرب الفساد المدينة ضربة همجية متوحشة.

وقد أغرتك الوظيفة في أول شبابك يا جدي، وسكنت منازل وسط المدينة، واعتقدت بأن الدنيا ضحكت لك، من ثم سرعان ما صرت غريبا عنها في أواخر أيامك، فهجرت السكّان وارتديت لباس الزهد، واعتكفت على الذكر، وأنت تسير بشوارعها حزينا في قلب الليل، ولا تريد أن تتذكر أبدا أنك من سهر على جمالها وأفنى عمره لأجل أن تكون بأجمل عيون مبهرة. فَصلوك؟ أيعقل أن يحدث ذلك؟ وقد كنت متفوقا يابا على عكس شقيقك عبد القوي الذي لم يفلح في التعليم، حتى صار مهووسا بتدخين القنّب، قبل أن يصبح ابنه أخر العنقود هو من يغمره في المدينة بأكملها. وأنتَ كنت تكره سيرته يا عبد المطلب، وأضحك على كلامك، وأنت تدّعي بأن ناصحا أصغر أبناء عمومتك هو تعيس، وبأنك أسعد منه، كيف كنت تخفي حقدك عليه وغيرتك منه؟ بماذا أفادك «العَلام»؟ أين هو ناصح الآن؟ وأين أنت؟ أين إخوته المتحدون الذين يملئون المدينة بذرياتهم؟ وأين تكون ذريتك؟ أنتَ لم تنجب غيري، وأنا لم أنجب سوى سيف، حظوظ بقى يابا، وأنت ستقول لي على حظك؟ وإن كنت محظوظا حقا كما كنت تحب أن تدّعي، فما الذي أتى بلكِ لجوار الموتى؟ وبما تفسر بقاءك في البيت لا تخرج من غرفتك إلّا لتناول الطعام أو النزول إلى القهوة والتسكع بالسوق أو التشرُّد ليلا «بالجنينة» حتى طلوع الشمس تقرأ في كتاب لم يزدك علما، وبالطبع لا شىء أهم عندك من المزاج، فماذا لو كنت تاجرت في القنب كما فعل شقيقك الأكبر عبدالقوي؟ كان زماننا بقينا في وسط المدينة مع السعداء، وابن أخيك ناصح وهو ناصحٌ فعلا سار على خُطى أبيه عبد القوي «بالميللي»، وقد صار يتحكم مع الوقت في كل صغيرة وكبيرة بالمدينة؛ لأنه يملك المال الذي يصنع له النفوذ، ونبوءتك تتحقق يابا، ومنتجات الأخوة تغزو كل شبر بالمدينة، حتى لن يبقى غيرهم.

وأنا ذاهب إلى المشرحة العامّة كما وعدتُ نهى، والجميع سيعلم ماذا حدث معي بالأمس؟ وجهي مخطوف، وحتما عندما يعلموا بأنني خرجت على معاش مبكر سينبذونني، ويدَّعون بي الجنون قائلين :

- اصطادك شبح الليل الهجّام.

والله لولا سيف ابني لكنت ركّبت بها جوانح، وطرتُ بها بعيدا عن هذه المدينة دون أن يراني أحد، فقد علم الجميع بخبر تمرده على المعلم البغل، وأرى في أعينهم نظرة شفقة مشوبه بضحكٍ مبطّن، وإنهم يتراجعون عن مبادئهم التي أقرّوها بسهر، ففي هذه المدينة كلام الليل مدهون بالزبدة بمجرد أن يرى نور الصباح يسيل على جباههم. وأعلم أن القنّب يقود إلى النسيان، لكن بهذه السرعة؟

إنهم ينقلبون على مبادئهم ويعلنون حبهم الخالص من طيات قلوبهم للشركة، وللمعلم البغل، رغم علمهم بأنه ليس سوى ستار لها لبيع لحوم مراعيهم التي في الشمال وتوزيعها في منطقتنا، ولم يعودوا يبالون بذلك، فما الذي حدث؟ وإنه لسحر يابا أن يقولوا بأن الشركة تصنع لهم المستقبل، بل ويتمنى أحدهم أن يلعب الزهر معه فيعمل فيها يوما ما ليحصد الأموال التي تكفيه ليكون من المستهلكون لمنتجاتها المتنوعة في ذات الآن؛ لأنه من يعترض سيقبع في خانة النسيان، أو يدخل إلى المستنقع المغلق، حتى لا يجد مالا يبتاع به لقمة «عيش». وكل يوم جثة جديدة، ولكن في الشهر الفائت تضاعفت أعداد الجرائم، وفي هذا اليوم الأسود الماطر ستكون المدينة على موعد حقيقي مع الموت، فاليوم جثة أستاذٍ لنا. والكل يحرص على عدم إظهار المشاعر لمن مات مهما كانت درجة صلته به، لكني لا أقدر أن أخفي أحزاني، ولا أحد يريد أن يفهم بأن حزني ليس من الضرورة أن يكون له سببا وجيها، فأنا والحزن رفيقان دائمان. ورغم أن أستاذ السقّا كان مُعلما مُعمِّرا من رعيل جدي إلا أن حزني الحقيقي لم يكن على فراقه، ولا حتى على فراقك، وإنما هي غصّة لعينة تتنغص عليّ حياتي، ويقولون أن التدخين يخفّف الحزن، فما بال نفسي لا ترغب فيه؟

وهناك اشتباه تسمم بأحادي أكسيد الكربون، أعراضه جليّة، ومتكررة في الآونة الأخيرة بحسب كلام نهى، مع ذلك يريد دكتور مدبولي مدير المشرحة الجديد أن «يطرمخ» على التقرير ويطبخه سريعا على أنها وفاة طبيعية، فمن اللازم أن يشعر السكّان دوما بأن ما ينتجه الإخوة هو الأفضل والأئمن لهم على الإطلاق، لكن نهى تُصر على أن ازدياد حالات التسمم الأخيرة أغلبها من بيض الشركة ولحومه الفاسدة. وميدو صاحبنا ذو الثلاثة والثلاثون عاما هجّاصٌ صحيح لكنه بجانب كونه لديه «باترينة» سجائر يقف عليها الواد «كوكو» حبيب قلب إبراهيم النشّار، والتي أذن له بشندي البواب بعرضها أمام مقهاه مقتطعا من مكسبها الربع تقريبا، ورغم عمله مع فرقة «دي جي» بالمساء فهو متعلم درس الكمياء وتخرج في كلية العلوم، ويعمل بالنهار كفني تحاليل شاطر وهو لا يحبذ قولها، وسبق له أن أخبرنا بأن نتيجة عينة دم لحالة بالأسبوع الماضي أظهرت وجود معدلات غير طبيعية من أول أكسيد الكربون الذي يتحد مع هيموجلوبين الدم مانعا بذلك الأكسجين من الوصول إلى الخلايا والأنسجة، وهي ذات النتائج التي خرجت بها نهي في تقريرها بعد فحصها عينة من دم أستاذ السقًا. وكذا إبراهيم النشّار صاحبنا يرى الأمر خطيرا، وعلى بعد أمتار من البوابة الرئيسية للمجزر الآلي الكبير بالشمال، يعمل بالنهار على فحص عينات داخل المعمل تؤكد حقن المربين لعجولهم بهرمونات نمو ضارة للتسمين تنتجها الشركة قاطعا بأنه لا يمكن

للعجول الوصول لتلك الأوزان في أقل من ستة أشهر، وقد اتصل بي من يومين ولأول مرة يحدثني عن تلك النتائج الخطيرة. وتعرف بأن أسامة الفار مهندس زراعي يعمل في مزرعة للدواجن بالجنوب تابعة للقطاع العام، وأكَّد بأن مربي الدواجن يقومون بحقن نفس المنتج الذي تعتمده الشركة التي يرأس ناصح مجلس إدارتها المكون من خمسة إخوة وتمتد على مساحة عشرات الأفدنة. وتايسون يقول بأن النيران منذ أسابيع تنشب ببوادي الشمال وغاباته التي كانت مطيرة قبل أن يصيبها الجفاف، وبحسب كلامه فقد امتدت الحرائق إلى حقول ريف الشمال، والتهمت العديد من زرائب الفلاحين والمزارعين الذين يحقنون مواشيهم بذات المنتج الجديد، حتى أصبح حقن المواشي هاجسا يلهث وراءه المربون وأصحاب المزارع وإن اختلفت ظروفهم، فمديرو مزارع الإخوة هم أطباء بيطريون ولهم مزارعهم الخاصة، والمزارعون لا يجيدون القراءة والكتابة ولكنهم يلجأون إلى نفس المنتج رغبة في أرباح أكبر.

وكل شئ يتغير بالمدينة يابا، ويطلقون على ذلك تمدّن أو حداثة، وقد كنت تتنبأ بهذا الحضيض، أفلهذا قررت قصر الطريق، والطلوع على المعاش باكرا؟ ويا ما نفسي أموت سعيدا قانعا مثلك، ولكن الحزن أفقدني كل متع الحياة، وصرف نظري عن مفاتنها. وأحزن على لاشيء، في الواقع لا شيء ظاهر يدعوني لهذا الحزن الدفين بداخلي، ولا شيء ملموس يستدعي ذلك، وما الذي يدعونني كي أكون سعيدا؟ وأنا أرى ناصحا ابن عمي يحقق كل أحلامه وأمانيه، وهو لم يتم بعد الأربعين من عمره، وبهذه السرعة صار يمتلك أطول برج شاهق بالمدينة يُطلق عليه السكَّان اسم برج الأحلام، رغم أن الوصول إليه ليس بالأمر اليسير، ولا يدنو منه إلّا المقربين، وكل ذلك الثراء الفاحش الذي يتمرغ فيه ناصح وإخوته من تجارة القنب يابا، وأنت تضرب نفسك مئة صُرمة؛ لأنك لم تتاجر فيه، لعلنا كنا من السعداء الفائزين في المدينة.

وأستاذ السقَّا كان معلما فاضلا وعلَّامة نابغة صحيح، أصرّ على البقاء في عمله بالمجمع التعليمي الذي هو أخر بقايا مدارس القطاع العام الموجودة في حيينا، وقد كان معلمي، وكنتُ أحبه حبا كثيرا، ولمَّا كنت صغيرا كنت أرغب في زيارته بداره مع زملائي لننهل من علومه التي لا تنضب، والتي أورثته الفقر والمرض، وبرغم كل الوفاء والحب الذي أكنّه له إلّا أنني أخشى من بطش المتلصصين، والخبّاصين، و«مدلدلي» الآذان كلاب الشركة. وأعلم أنه يجب أن أخفي حزني، وهل عاد هناك ما يستدعي الحزن حقا في هذه المدينة السوداء؟ صحيح أنه كان للمدينة ينبوع حياتها، ودليلها، وعطائها المتفاني، إنما ذاك كان «زمان وجبر»، والله يرحمه في أواخر أيامه كان يُلقى «بالكراكيس» والأحذية

في وجهه، ويُبصق عليه بالطرقات وقد انحنى ظهره، بينما الأشباح أنفسهم تستحي أن تفعل ذلك، فيا ترى يا أستاذ سقًّا أمتّ ميتة طبيعية كما يصرُّ على ذلك دكتور مدبولي، أم من حسرتك وحزنك؟ أم متّ فعلا بتسمم أول أكسيد الكربون الذي أصابك بالخرف والنسيان كما يؤكد أصحابنا؟ وأيّا ما يكون السبب الذي غيَّبك عن عالمنا فالعباقرة في هذه المدينة يصابون بالنسيان في نهاية المطاف رحمة بهم حتى لا يأسوا على ما لم يجدوه من استحقاق وتقدير، وإن كان قد أوفى بعلمه وعطائه فهو قد أغرس في صدره سهما نافذا جعله يسافر حزينا، حيث لن يفتقده أحد في المدينة بعد اليوم.

[]

-4-

«الجُنُونُ يَضْرِبُ المَدِينَةَ»

وأستاذ مدبولي مدير المشرحة العامة لا يزال يصرّ على إخراج التقارير على أنها وفاة طبيعية، ونهى لا تمتلك الشجاعة الكافية حتى تقنعه بأن الأمر جد خطير، ولا يتطلب كل هذا الاستهتار بحياة السُّكان. وحتى لمّا وقفتُ أمامه حملتْ فوق رأسها الطير، لكن بمجرد خروجها من مكتبه تلعن فيه وتسب، فعلى حد وصفها تقول إنه شنيع لدرجة علمه بكل شيء وتعمده إخفاء الحقائق، وقالت إنه تربطه علاقة مصاهرة مع الحاج فتحي أبو هالة الأخ الثاني الأكبر من ناصح، وهو لا يرغب في تهييج غضبه عليه، لربما عاقبه بإقالته من منصبه أو أودعه الخزنة، وهي تعلم أن في هذه المدينة السوداء لا تتم إقالة سوى المضطربين في نظر الإخوة، عداك يا عبد المطلب، فقد كنت ذا بصيرة بعيدة المدى، ولم يجبرك أحد على الاستقالة. ولا صوت في المدينة يعلو فوق صوتهم، ومنتجاتهم التي تُغرق الأسواق من الإبرة للصاروخ، فكل حاجيات السُّكان يقومون بإنتاجها في المنطقة الصناعية الكبرى بقلب صحراء الجنوب، ومنها يتم تحميلها على شاحنات ضخمة تخترق الجسر الأكبر ومنه إلى الجسور المعلقة، ليتم توزيعها بكافة الأحياء والمناطق السكنية.

وعمدت الشركة إلى إخفاء كل التقارير بينما احتفظوا بها في مكان سري، ودكتور مدبولي لديه كل تلك المعلومات ويكست عنها. والإخوة غدوا محتكرين لصالحهم كل شيء من لحوم، وخضراوات، وفواكه، وأدوية، وملابس، وأجهزة منزلية، وهواتف محمولة، وشبكات اتصال، ومنتجعات سياحية، وأراضٍ شاسعة في كل ضواحي المدينة، إلى جانب مصانع تبتلع نصف السُّكان تقريبا بأجور لا يحلم بها أحد من حيينا، وحتى إن كان العامل منهم لا يجد وقتا للنظر إلى أبنائه فلا يهم طالما يطعمهم أغلى طعام، وبعكس المهمّشين من سكان حيينا المنبوذ الذين لم يفوزوا بعمل مميز لدى الشركة، فيزداد الحقد على أولئك الذين نجحوا في تأمين مستقبل لهم عبر الانضمام إلى صفوف الإخوة، ويبدو بأن ناصح ابن عمي لا يأبه بأرواح السُّكان، ولن يوقفه أحد عند حده إن أراد استبدالهم بالروبوتات، ونهى تعتقد بذلك، وأنت اتفقت معها يابا، رغم أنكما لم تكونا يوما على وِدٍ، أو إتفاق.

وبعد مرور أسبوعين من رحيلك بات الجنون يضرب المدينة، ويحكي أصحابنا على مقهى بشندي البوّاب عن أعراض غريبة مفاجئة بدأت تظهر على السُّكان، مصاحبة بتغييرات ظاهرة في السلوك، والشخصية، واضطرابات في الإدراك وطريقة الكلام، واعتلالات عقلية جليّة، وكلها أعراض يصفها المرضى قبل نفوقهم السريع. ويعلمون بأن هذه الأعراض يستحيل أن تكون غير مفسَّرة،

وتايسون صاحبنا كان يعمل راصدا في محطة حكومية للطقس الجوي، وهو كلما يشرب يحدثنا بخبر أنه رصد أكثر من مرة قبل تركه العمل ارتفاعا ملحوظا غير مسبوق في درجة الحرارة الشهر الماضي، إذ يقول إن المدينة ارتفعت حرارتها درجتين إضافيتين عن المعدلات الطبيعية في مثل ذلك الشهر من العام، والرطوبة ازدادت بصورة خانقة نتيجة لزيادة سرعة التبخر، وحتى الغمام المتكثف في سماء المدينة أصبح ثقيلا لا يُسقط غير أمطار سوداء كماء الصحف، حتى اتشحت جباه السكّان بالهباب، وفي المساء باتت العوادم الضبابية السوداء تتكثف أكثر فتسدّ قصبة المدينة الهوائية، وتزداد حالات الاختناق، وبينما يشارف الصيف على الانقضاء إلّا أن الطقس لا يزال حارا، بل يشتد سخونة. وهذا المساء تساقطت قطرات مطر سوداء مرة أخرى، وفي نفس البقعة الجافة من الحي حيث يجتمع أصحابنا في مقهى بشندي البواب.

ويبدو أن سيفا اعتاد ذلك، فبعد يوم من رحيلك، حوالي الساعة الثامنة والنصف، تشكّل الركام الثقيل إلى الجنوب والجنوب الغربي تدريجيًا، وكانت هناك كتلة كثيفة من الغيوم السوداء تهبّ من الشمال، وفقد وعيه لمدة ساعة، وفي الساعة التاسعة والنصف بدأ المطر الحامي في التساقط، في البداية بضعة قطرات سوداوات، وبعد فترة قصيرة من هطول أمطار ساخنة غزيرة وسوداء لاحظت وجود عدد من الأجسام الرمادية عالقة تسبح في الهواء بكثافة، وقد ظنها الجيران من الذباب أو النمل المجنح، لكنها تزايدت بسرعة رهيبة للحظة ثم عادت تقطر، وعند النظر إليها من الشرفة عن كثب وجدتها جزيئات هباء من السخام بحجم ذبابة، كان عددها كبيرًا لدرجة أنه بدا وكأنما تهطل نُدَفا سوداء من رقائق ثلج أسود لمدة خمس دقائق. ومن ثم كان نزولها بطيئًا، وبعدها توقفت تلك السوداوات، وأصبح الهواء أخف وزناً. والأمطار السوداء باتت تسقط كل يوم بكل مكان، ويحكون بأنها سقطت بوسط المدينة على بعد ميل، وبكل الأحياء، والأخوة يؤكدون للسكّان بأنه لا توجد حرائق لغابات الشمال، ويطلبون من السكّان عدم الالتفات إلى الإشاعات، وسرعان ما احتال صمتهم تعوّدا غريبا، فاستمروا السواد، ومع ذلك فإنهم يشيبون في عمر متقدمة، ويلقون حتفهم بشكل مفاجئ دون سابق إنذار. وهنا كانت الحكمة من تطبيق القوانين المختارة بعناية فائقة، فالميت لا يجوز تَذَكّره بالمدينة، وتخرج تقاريرهم على أنها وفيات طبيعية، وبالتالي لا أحد يمكنه الحديث عن أي أمور غير إعتيادية، والسكّان يخشون على مستقبلهم، وينشغلون به غير مبالين بالموت الأقرب إليهم. وكل ذلك يحدث بسرعة مطّردة تحت الرماد، طالما أن التقارير تتم مراجعتها بعناية، ودقّة.

وميدو يحكي لنا حكاياتٍ عجيبة، وهو يُسطّر القنب فوق ورقة صغيرة، ثم يستنشق حرفين منه عبر استحداث أنبوب أسطواني من عملة ورقية، ليريح أنفه المحتقنة، ثم يعاود الحديث في جدّية. وهو في الغالب لديه صوتان، أحدهما يتحدث بلباقة شديدة، وسرعة، وعفوية مفرطة في الأوقات العادية، وإنما بعد هذين الحرفين يحتال لطخا من سكّان الخزنة، يتهدرج كالزيت المغلي، ينطر يديه في كل الإتجاهات كراقص بالِيه، وأحيانا يتلاعب بهما في الكلام كالحاوي، صوته ينقلب إلى جوفه، ويخرج الكلام ممطوطا من منخاره غليظا، جاعرا به كأنما يخرج من خُرءه عفنا وطبيعيا في نفس الوقت، وقد قلتَها حكمة يابا ذات سهرة مع «الست» :
ـ المُضطرب يُعرف من صوته.

وميدو إذ يدرك أنه مضطربٌ مثلنا تماما، لكنه بارع جدا في إخفاء ذلك، فبمجرد أن يسحب السطر كله تختفي آثار الاضطراب. كم أحسدك يا ميدو، حتى الدّخن الهارب من فيك لا يُسطلني، فكيف أبدو طبيعيا؟ ومع ذلك فهم الأكثر شبها لي، دوما الطيور على أشكالها تقع، ولولا أني أفشل في تدخين القنّب معهم لكنت نجحت في إثبات أنني طبيعي وغير مضطرب كما يظنون. وكلما دخّنوا القنّب على مقهى بشندي أو في العمل يكونون طبيعيين في نظر بعضهم البعض، والله أحسدهم على «أمزجتهم» الغريبة، فهم لا يحزنون عندما يجب الحزن، ويفرحون عندما لا يكون هناك مبررا للفرح، إنما أنا؟ أحلم وأنا صاح، وأحزن وأنا سعيد، وأفرح وأنا حزين، وأبكي وأنا «مبسوط»، وأنام وأنا يقظ، وأصحو من نومي كأني لم أنم قط. وكل رد فعل يظهر مني هو «شِيشْنَة»، واستعارة عن حقيقة مشاعري، لم تُعلّمني يا عبدالمطلب كيف أخفيها جيدا؛ حتى أبقى هانئا في المدينة، أمّا كنتَ أخذت فيّ ثوابا وعلّمتني كيف أدخّن القنّب في سنٍّ صغيرة؛ لأبدو سعيدا وإن لم أكن كذلك، ويظهر حزني فقط على كل ما هو تافه، فيا لصعوبة المعادلة.

وميدو كلما يصطبح يُجلجل، ويصهلل، ويعلو صوته، ولا سبيل لإخفاضه عنوةً، لم يعد ممكنا البقاء في المقهى أكثر، وأم الهنا كله امرأة بشندي تجلس كالمعلّمة بمنديل «بأويه» عند ركنِها المميز، تكبس بأناملها الغليظة على «شَطَّفة» القنب فوق المعسّل الفوّاح، وتصيح في صبيها كوكو كي يُحضر لها قطع النار المتأججة، حتى إذا ما سحبت أول نفس كلبؤة ماهرة جعلت الشارع يُنعنش من غزارة دختها المُزفَرة. وزوجها الأرعن على النَصَبة يُخدّم عليها وعلى زبائنه على حدٍ سواء، وبالتناوب مع صبي الفحم، وهي تطرطق أُذنها، وتسترق سمعا لحديثنا. وتعلم يابا أنه لا يُسمح أبدا بالحديث العام في الطرقات، على رأيك يا عبدالمطلب، المقاهي لها احترامها، ولا يجوز الحديث في قارعة طريق إلّا في الأمور السفيهة، وهل هناك أءمن من معرفة أخر أخبار الحوادث

في المدينة؟ أو حتى التحدث بشأن أخر قصة اغتصاب مثيرة حدثت لفتى أو صبية؟ فما أحلك الساعة الضبابية السوداء من الليل، وما أبغض مُدية السهر في بيت الدبَّة، والسَّمر حتى ثلثه الأخير. تلك اللقاءات لا تتكرر كثيرا في الشهر، وبينما يتابعون قناة للمصارعة الحرة يتجادلون بجدية وحماس في شأن ظاهرة الاختفاءات الغامضة من الساعة الثامنة والنصف مساءً وحتى التاسعة والنصف. أطفالٌ، وشبّان، وشابّات، وكهول، وعجزة، ونسوة بالمدينة يختفين في جُنح الظلام، ومن يختفي يُقدّره أهله ميتا، ولا يسألون عليه، قوانين يابا ولزاما أن تُطبق على الكل، ومن ينسى عليه أن يضعها حلقة في أذنه، فالميت لا يجب ذكره في هذه المدينة، لا بالخير، ولا بالشّر.

وهذه المدينة سجنٌ كبير بأسوار تعلو الموتى الأحياء، وهواءه خانق، ولا سبيل لاشتمام بعض حرية سوى بدار الدبَّة أو بمقهى بشندي، ما أنا قلتلك يابا تعال معي في يوم ننزل نسهر معهم، وكمن ألقيت في وجهه قنبلة، تفور، وتحوم في الشقّة تولول، وتنوح، وتندب حظك، وحظي الذي أوقعني مع هذه الصُحبة. «وبقى» أعرف أن كان عندك حق بعد موتك يا عبدالمطلب؟ ولكن هل لديّ مكان آخر أسهر فيه؟ تقول لي أن أسهر مع «الست» وترفض أن تصحبني معك كل ليلة، إذ «تتمنجه» على «سنجة» عشرة، وتَخرج بعد انتصاف الليل، ولا تعود قبل الضحى، لتكمل سهرتك مع «الست» حتى يغلبك النوم، ثم تستيقظ قبل المغرب بقليل؛ فتفطر على سيجارة، ثم تجهّز كوب شاي وطبق عسل نحل وبيضتين مسلوقتين و«رغفين عيش»، وتجلس أمام التلفاز في غرفتك، لا تخرج منها إلا عندما تعد حمامك الساخن، وهكذا دواليك، لا نراك في اليوم غير نظرات، ولا ترانا إلا خطفا، ولا تأكل معنا سوى يوم واحد بالأسبوع، فتفطر أمامنا بينما نتناول أنا وسيف غدائنا.

ولقد ملَلت، وزهَقت من نفسي، فلتخرج من ذاكرتي يابا يرحمك الله، فأنا لم أعد أحتمل وحدتي، وحديثي إلى نفسي، «وبعدين» أنا أعلم السبب وراء كرهك لأصحابي، كل ذلك بسبب أنهم حريصون على سماع الأغاني الجديدة المستهلكة، ويظنون بأنهم يعيشون أزهى عصورهم بالمدينة، وكل واحدٍ منهم يحمل هاتفا صغيرا، وأنا ذهبت لأتحدّث إليك في كابينة «الميناتل» فوجدت واحدا يحب في واحدة، ولم يعِرني أي اهتمام. وأنا صغير كنت أظن أن الناس تتحدث إلى نفسها، حتى أدركت أن هنالك اختراعا جديدا اكتشفته الشركة تجعلك تتحدث في قطعة من المعدن ليصل صوتك إلى أي شخص آخر في آخر المدينة، أو أولها، وأنت كنت تعتبره مصدر شؤم للبيت، فمنعتنا من اقتنائه. ويا ليتي أعرف من سرق عقلك وأبدله بعقل رضيع؟ حسرةً عليكَ يا عبد المطلب، قضيتَ عمركَ جُله تدخّن القنب؛

لتثبت للجميع بأنكَ لست مضطربا، ثم تثور ثائرتك حين تعلم بأن كل ما شربته بعمرك يذهب سُدى؟ فأنت الوحيد ولا أقسم الذي دخّنه وبقي مضطربا في نظر الناس. ويقولون إن بالمدينة قواعد وقوانين، وأولها أنه لا يجب أن يكون هناك شواذ عن أي قاعدة، وتالله ما فهمت لها قواعدا، ولا عرفت أحدا غيرك يشير عليه السكّان على أنه شذ، فأنت شاذٌ بالفعل في كل شيء عدا عن ميولك الجنسية، ونحمد الله أنكَ لم تفقد نوعك قبل الرحيل، كما يفعل الرجال ذوي البراقع من شلة نور الخولي رفيق وائل الناغي صاحبنا.

ونبوءتكَ تتحقق يا عبدالمطلب، والنبي ما أعرف أكنتَ عاقلا حقا؟ أم أنك الرجل الذي فقد عقله قبل رحليه؟ وما كنتَ تحدثني عنه في السابق على المائدة أراه يتحقق هذه الأيام، وأضحى الجنون يضرب المدينة، فإنهم يقولون صباح الخير بالليل، ويمسُّون على بعضهم صباحا. والبشر لم يعُدوا بشرا، وليس من العجيب أن تجد أحدهم يجمع بين صفات أكثر من حيوان في آن واحد، فالكلام الفاحش صار زينة الرجل وتاجه المرصع بالبذاءة، أما أنصاف الرجال فهم الذين يحتفظون لأنفسهم بقدر من المبادئ يستميتون عليها، ويتمسكون بها حتى تقبض أرواحهم وحيدين، فصار المستقيمون مبغَضين، وصار الفِجّار محبوبين. وتوقف السكّان عن مناداة بعضهم البعض بأسمائهم، بل صاروا يتلامزون، ويتنابذون بأفظع ألقاب.

وإذا كانت أكوام القمامة في الشوارع تعج بالجرذان، والكلاب الضالة، والقطط السوداء، والقهقهات الصاخبة تدوي على المقاهي التي لا تغلق أبوابها، فكيف تستنكر يا سيف أن تكون ألسنتهم مزبولة برائحة أعفن من صندوق القمامة أسفل برجنا الذي يحرقه أطفال الجيران المؤذيون كل ليلة؟ كبتٌ وأي كبتٍ يابا، فممارسة الجنس خارج الزواج باتت بمواعيد مسبقة، وبإعلانات، وللأغنياء أماكن الدعارة التي يترددون عليها، وللفقراء أماكنهم كذلك، وفي حيينا وحده يصدر الحاج فرج أبو منى «فرمان» بألا يسمح بالجنس إلّا في نطاق الزواج الذي لا يقدر على تكلفته شباب المنطقة، فاكتفوا ببعضهم البعض، فذلك أرحم بالنسبة إليهم من تحمّل مصاريف فتح بيت جديد وتكوين أسرة. ما أنت عارف لبّتها يا عبد المطلب، والسكّان كأنهم يعيشون في عالم سمسم يتخيلونه بأدمغتهم اللاهية، وخوفهم من الغدّ فقط يُحرّكهم، لا الخوف من الموت أو من مسبباته، فبات لا يعنيهم ولا يتدبرن فيه.

وكثيرا ما أجدني أتفوه بكلام غير مناسب قدام الشخص غير المناسب في الزمان والمكان غير المناسبين، ومتى وجدتني أصلا في مكان مناسب بوقت مناسب مع شخص مناسب بينما نتحدث في كلام مناسب؟ لم أعد أفهم شيئا يابا،

ولدي شعور غريب بأن الكلام يغرق في أعماق المعاني، وبعد أسبوعين أستوحش فراقك، ولا أذكر أنني افتقدتك من قبل لكني اليوم أشعر بافتقادك، وأذرع الغرفة لا أعرف ماذا أريد؟ وأقضم بأظافري، وأرتجف من قلق يحف ضلوعي، ووسواس يقهرني، وتوتر لا يفارقني، وارتباك بكل لحظة، وعدم قدرة على التفاعل بشكل سليم، وكم أفتقد ثقتي بنفسي الهشَّة، وإيماني بها، وبات تركيزي يضعف، وأسيىء التصرف والحكم على الأمور، ويتعقد لساني، فأفقد أي قدرة على الرد الملائم، وكم هو عذاب الشعور بالغربة وسط السكَّان الذين أعرفهم ويعرفونني، وأين هو من بإمكانه إنارة شمعة لي وسط العذاب؟ وهي إن تك شمعة فبقدر نورها لن أرى بها شيئا خلال الضباب، فأصير أبكي وأبكي، وأتحسر على قلبي الطيب الذي يصدِّق بأنه يمكنه الرؤية في الظلام، فعلى أي شيء أعاتبك؟ وحوائط غرفتك سوداء مع ذلك اعتدت على النوم بها، حتى ملئت صدري بشاشة سوداء قاتمة، فلم أعد أرى من خلالها غير السواد، ويا ليل طال عمرك، ونهاري كلما أراد أن يتكحل يعميني، ودار أفراحي خاوية، وأحزاني تبرق لي إذ تخيفني، تهددني، وتخرج لي لسانها، وأريد أن أحذو حذوك يابا، لذا سأستمع إلى «الست»، وأرتدي نظارتك، وساعتك، وحذائك، وألتحف برائحتك لعلني أشعر بالأمان، أو لربما أنجو كما نجوت.

وقد صار الرجل يتاجر بزوجه وعياله من أجل التربح السريع، وركوب السيارات الفارهة، والسكن بقصور وسط المدينة، و«شاليهات» الساحل الشرقي، وشواطئه البديعة، والأغنياء يستفزونهم دوما بصورهم على لوحات الإعلانات الضخمة بالشوارع، حتى باتوا يتاجرون بأي شيء، بشرفهم إن كان لهم شرف ذو ثمن، ولو طالوا يعرضون أنفسهم وأبنائهم في الأسواق العامة كأي سلعة يصرخون عليها قائلين: «لمَّ علينا عبيدك يارب». والسكَّان لا يبالون بغير شهواتهم، وأهوائهم، ومتعهم الشخصية، ويأخذون تلك الأمور ببساطة، ولا تفرق معهم البتة، فلما أنا آخذ كل شيء على صدري؟ وكلما كبتُّ مشاعري انفجرت بوجهي، وفقراء الحي الخامس يبدون سعداء على شقائهم، فلما أبقى تعيسا؟ ماذا ينقصني إذن؟ وهم يجدون طعاما رخيصا يأكلونه وإن كان فاسدا، وملابس جديدة يلبسونها وإن كانت بالية، ومياه ملوثة يشربونها وإن كانت برائحة كريهة، حتى طبعت الحياة بسوادها على ملامحهم، وبانت بغيضة في أساريرهم، ويظنون بأن الشركة ستحلي مرارة عيشهم، فينامون يحلمون كيف يجنون المال بأسرع وسيلة؟ وراحوا يرغبون بالعمل لحساب الشركة، حتى ألهاهم جشعهم عن أي قيمة ومعنى للحياة، «فبطَّلوا» يترحَّمون على بعضهم، وسعيد جارنا لم يكن بينك وبينه أي «مصلحة»، ولا أي «عمار»، فكان لا يحب معرفتك، لا لله ولا في الله،

ولا يهتم لشأننا مع أنه يفصلنا عنه جدار واحد، وحين يراني على السلم يبتسم من خلف وجهه مدعيا بأنه يسأل عني «فلانٌ» و«علان»، فلمَا لم يطرق الباب بيده اليمنى أو اليسرى ليرى حالي مباشرة؟ عالم «أونطجية» صحيح، و«بتوع» لف ودوران، تمثيلٌ في تمثيل، وكل واحدٍ يبحث عن «مصلحته» فلمَا لم تكن تبحث عن «مصلحتنا» يابا؟ وكل واحد يسرق ويضع خبيئته ببنك الشركة المتحدة كمدَّخرات وودائع، ثم يفتح بها مشروعا بعد فترة يحيا به ملكا ذا جاه ونفوذ، ليحترف مهنة «التنطيط» على خلق الله، فهل تريد أن يميل بختك يا سيف؟ الحياة صعبة جدا في هذه المدينة يا بني، وأنا ليس لي أظافر، وأودُّ الموت حتى أرتاح وأريحك من فقري. أتريد أن تشبَّ عن الطوق يا سيف؟ أتريد أن تميتني بحسرتي؟ تريد التمرد على القوانين؟ ألا تعلم أنها في مصلحتك؟ تعال يابا «إلحقني» سيف سيزيد جنوني.

والسكّان «يشغلون» أدمغتهم في كيفية كسر الإشارات؟ في حين السرقات تحدث في الشوارع بوضح النهار بمسدسات لعبة، ويقسم على صدقه، هه، قالوا للحرامي احلف. ولأنه ليس هنالك قانون يحمي أحد فالكل مجبر على أخذ حقه بذراعه، فإن لم يكن ذراعه طويلا فسيتجرع الويلات، كما أتجرع، ولن يجلب أحدا له حقه. وهم يحبون أن يبقوا حمقى، أما عرفت يابا أن تبقيني أحمقَ مغفلاً؟ لما تعرفني الحقيقة؟ حتى أظل معذبا بها طوال عمري وأيامي؟ والنفوس تشيطنت حتى آلت كثيرا إلى قسوة القلب، فانتشر طاعون ضغائن، وتسربت مبيدات أخلاق، وجاب الجحود الآفاق، فما عدت أصادف خيرا في أحد، ولا عادت تستأنس روحي بأحد، وهم طوال الوقت رافعون سماعات التليفون «وهاتك» يا كلام في أي كلام، فيما لم أعد أرغب بالكلام إلى أي أحد.

والقنب كان يعتبر جريمة منظمة عابرة للبحار على أيامك يا جدي، قبل أن يزرعه ابنك عبد القوي في مزارع الشمال، وقبل أن يُغرق به المدينة حفيدك ناصح، والسكّان «زمان» كانت نفوسهم مؤمنة، ومطمئنة، وبسيطة ترضى بالقليل، واليوم فأي شيء يمكنه أن يبيض لك مالا، أيا يكن من أعمال دنيئة أم شريفة، فيمكنك استغلال كل شيء لتتربح منه، شكلك، جسمك، بيتك، سيارتك، زوجتك، أبناؤك، ممتلكاتك، وظيفتك، كل شيء يمكنك استعراضه للفوز بمشاهدات أعلى وركوب الموجة. وهم منشغلون دائما بلغة الأرقام، كيف تربح من الشاي؟ كيف تربح من البيض؟ كيف تربح بعشر ثوان؟ كيف تربح وأنت نائم؟ وكيف تربح وأنت «بالحمام»؟ ولو كان عندك صابع زائد لكنت ربحت منه الملايين. والسكّان يودعون الأموال في محفظة الشركة، وكل ما تعوزه يمكنك أن تحصل عليه بقرض ميسر، حتى تفشت الاستدانة بينهم، فصار الجميع مديونا،

وأضحى التربح سهلا، وكما تنبأت يابا بأن يأتي يوم يصير فيه الغلام الصغير من ذوي الأملاك، ولعل سيف يصير منهم، ولكنه يفاجئني بتقديم النصح لي والإرشاد، إذ إنه يريدني أن أقول لا حين أريد أن أقول لنفسي نعم، فأكسب حبي، وتقديري لذاتي، يا سيف يا حبيبي هذا الكلام تأخر كثيرا، وأبوك داؤه عضال.

ومن يرفض جنة الشركة يعش بنارها ينشو فيها، وتعلمت منك كيف أعيش في النار «متهني»، لكني غير قادر أن أفعل مثلك، وأنا أتلوى بها ليل نهار، ومن اختشوا احترقوا بنار الوحدة، ولماذا أسأل على من لم يسألوا عني مذ تركت العمل؟ ومن ليلة الحفل وهاتفي لم يرن، ولا حتى الهاتف الأرضي إلّا اليوم اتصل بي أسامة وألحَّ عليَّ أن «أعدي» عليهم بالمقهى. ويا لحظ من لا يفكرون فهم أكثر سعادة، لأنهم لا يجهدون أنفسهم في التفكير، يشترون راحة بالهم حتى ولو شروا عقولهم، والمدينة أحسُّ كأنها مختطفة في السحاب، فما عادت شرقية، ولا عادت غربية، وأقرب مدينة لها تبعد عنها آلاف الساعات الضوئية، ومن جهتي أسير وحدي هائما مسالما، أظل في ركني لا أريد أن أعرف شيئا عن الآخرين، ولا أريد أن أحفل بأحد، فقد كثر الانتهازيون، والوصوليون، وأصحاب الأقنعة، والمفلسون أخلاقيا، وأراذل القوم وأوضعهم وأولي التفاهات. وأخبرتني في كتبك يا جدي كيف أزدان بالصمت من باب الفضائل، فاستمع ثلاثة أضعاف ما أتكلم، ثم وجدت السكّان يتكلمون سبعة أضعاف ما يستمعون، ويتجادلون فيما تبقى لهم، وحين يرون طول صمتي يسخرون مني، وينعتونني بالأخرس الغبي الممل، وقد هنت عليهم إذ يزعمون في صمتي ضعفا، فيجهزون عليَّ بألسنة «كرابيج»، ثم يجانبونني، فأزداد صمتا، لا لوقار، ولا رغبة في التفطن، ولكن لأني صرت لا أعرف ماذا يجب علي أن أقول؟ كأنما نسيت لغتهم، فلم أعد أجد أي كلمات تقال، حتى تحجر لسان، وإن أردت التحدث تحدثت مع نفسي، أو خاطبتك عبر البريد الخاص باسم ميت بالحياة، فكيف يكون الموت بعد الحياة؟

وكل يوم مناظر عنف دامية تتزايد بلا ضابط، ولا رادع، وبلا أي حدود، سحلٌ وضربٌ للنساء بالشوارع، والكل يتفرج ولا يحرك ساكنا، وأبناء يسبُّون الآباء بأقذع الألفاظ، وزوجات تبطح رؤوس أزواجهن، فماذا حدث لسكّان المدينة يا جدي؟ وكيف المناص منهم يابا؟ وسيف يجاهر بأنه ضد المعلم البغل، يقول إنه من الأشرار الذين يستخفون بسكّان المدينة، ويُغرقونها في «الهجايص»، حتى أن أحدهم لِيُدخِل إبرة خيط بجلده أهون عليه من نعته بالمضطرب الذي وحده لا يدخِّن بالمدينة السوداء، ولكن طالما أنه يُدخِّن فهو آمن، وطبيعي، بنظر السكّان. وقد بات الصمت كما الكلام، غير مفهوم، وغير ذي طائل، لكنه أفضل، وأءمن، وسيف ابني يريد الخروج عن صمته، ويصمم على التمرد. قم من تُربتك يا عبد

المطلب، تعال و انظر كيف يستحيل هذا الوجه الملائكي غضنفرا؟ يا حبيبي بلى من حقك أن تهنأ بطفولتك، وألا تُعجن في فوضى المدينة باكرا، لكن شعرك الناعم، وسمْتك الرقيق، وكفك الصغير هذا، ربما لن يعودوا كالسابق، تعال ونم بحضني يا صغيري، وغدا أراك تكبر، ويصير شنبك قاسيا، وحادا، لكن صورتكَ وأنت برئ، طفلٌ جميل برئ، ستبقى عالقة في ذهني إلى الأبد، أعدك بذلك.

[]

-5-

«مَدْرَسَةٌ لِتَعْلِيمِ التَّدْخِينِ»

ويمرَّ شهرٌ على غيابك وما زلت غير قادر على إخفاء الحزن الذي يعتصر فؤادي، ولكني صرت لا أبالي بحزني منذ أن قررت أن أفعل مثلك، وأنهي خدمتي بالتدريس. وأما كنتَ أخذتني معك؟ عرفتُ الحزن من عمر ابني، عرفته أخا شقيقا لم تنجبه لي، رافقته في كل مراحله ونشأت فيه وشببتُ عليه. فليحيا الحزن إذن، وليحيا فناؤه في إخلاصه وصدقه. والمدينة التي كانت منوّرة أظلمت يا عبدالمطلب واسودّت، واختنقت بقطر أسود يسقط من السماء، فأضحى صباحها كمسائها، ونهارها غدا ليلها، وشمسها ذابت في السحاب القاتم خلف الغمام. وأنتَ هناك في تلك الرقعة الشاحبة، تُربتك أراها من شرفتك التي لم تك تغيب عنها صُبحا، أو مساءً، انهض يابا لترى كيف تتحقق نبوءاتك يوما بعد يوم.

وهذا حفيدك أول يوم له بالمدرسة الجديدة التي كان عليَّ تركها لكي لا يرى أباه يهان بها. وقد عاد منها باكيا قميصه ملطّخا بالطين، ما كان يحب اللعب في الطين يوما بل بدا عليه كما لو أن الطين هو من أراد أن يلطخه، ويهينه، ويدُسّ رأسه فيه. جاء يسألني عن معنى الكرامة، ما يزال يعقُّني ولا يرغب في الاستماع لتوجيهاتي، ويريد أن ينتقم من مغتصبي براءته بالمدرسة، يريد أن يأخذ حقه من «الواد» علي و«الواد» ياسر الذين اعتديا عليه بالفصل، فأمسكا به عنوة وهو يصرخ فيهما، وأخلعاه سرواله أمام التلاميذ ليروا مؤخرته. عاد مضروبا في وجهه عينه متورمة، ويسألني كيف يأخذ حقه منهما؟ وسأموت قهرا إن رأيته يكرر تجربة أسامة، فماذا أفعل لأجله؟ وكيف آخذ له حقه؟ ويبدو أنه لا يستجير بي بل ينتوى أخذ حقه بنفسه، ويريد أن يفعل بهما كما فعلا به جزاء من جنس العمل، يريد أن يُخصي الجُبن فلا تقم له قائمة، ولا ذرية. وأنا خائفٌ عليه يابا من الغدّ، خائفٌ أن يستمر في عناده، وتمايزه، والبؤن الشاسع بينه وبين أقرانه، ورفضه القاطع لتعلم شرب السجائر أو البقاء في هذه المدرسة.

وسكّان هذه المدينة كائنات همجية غير عاقلة تحتاج إلى سنوات عديدة من التجارب والخبرات والتعلم حتى تعقل، على عكس نحلتك سوما الرقيقة ملكة جمال النحل الذي ربَّيت له خلية صغيرة بركن في شرفتك، والتي ولدت متعلمة حاملة بكل خبرات أسلافها، ومدركة لوظيفتها ودورها تمام الإدراك، تفهم ما يجب عليها فعله دون الحاجة لتوجيه من أحد ودون الحاجة لاكتساف العلوم والمعرفة. وهي على عكسك اجتماعية للغاية وذكية، ويبدو أنها كانت في مهمة عمل قبل أن تعود ولا تجدك، لذا حرصت على ارتداء ملابسك حتى أطمأنها ناحيتي وأشعرها بأنني

لست غريبا عنها، فلا تحرِّض عليَّ العاملات فيوسعونني لسعا. وكنتَ تحذرنا باستمرار من الدخول لغرفتك حتى لا يصاب بالأذى من جندياتها اللطيفات اللاتي أخفيتهن عنا. وسوما كأنها تعرف رائحتك فتحوم حول رأسي وأمدُّ لها صابع فتهبط عليه، وتنظر لي بعينيها الواسعتين في كمد، وتمسح دموعها وتجففها وكأنها تحزن على فراقك، وتشاطرني الأحزان. فأقربها من فمي أقبِّلها، وأتغزَّل فيها فتداعبني برقصة مرفرفة حول أنفي، ثم تعود لتقف على صابعي، وأنا أتامل في جسدها الذهبي المخطط بالأسود، وفي ذيلها وما به من غدة تفرز غذاءها الملكي الذي تصنع منه الشركة «كريمات» تجميل باهظة، وبفمها الصغير الذي هو عبارة عن خرطوم، وملعقة، وفكوك طحن وعجن، وأقدامها الناعمة وما بها من سلة صغيرة، وفرشاة تنظيف، وملقاط، ومخالب.

وكم كنت تصف لنا يوم زفافها المبهر حينما تصدر أوامرها الواجبة بتغذية الذكور من غذائها الملكي، وتغني لهم بطنين عذب أغنية يوم الزفاف التي يعشقونها، فيتابعونها في طيرانها بأعينهم القوية، ثم يتبعون رائحتها الذكية بقرون الاستشعار، وبعد أن تختار منهم من يلفت انتباهها تأمر العاملات بإهلاكهم، فهم على حد وصفك «كتنابة السلطان» لا نفع لهم ولا قيمة بعد ذلك. وأمَّا العاملات فلهن الأفضلية وهن مدربات محترفات، ويرقصن رقصة جادة أثناء العمل ليتناقلن مكان حقل الزهور واتجاهه وبعده وبذا يصلن إليه مباشرة، ويذهبن في أكثر من اتجاه وكأن كل واحدة منهن تعلم مهمتها التي بعثتها ملكتهن لأجلها. ولكنها تشيخ كثيرا بعد موتك، وتنتظر نهايتها بأي لحظة، لكن الخلية التي استأمنتها عليها يجب أن تبقى، وعليها البدء سريعا في اختيار خليفة لها، وأكبر نحلة لديها خبرات سترفع على العرش بمجرد إعلان وفاتها، ويبدو أن العاملات اتفقن على انتخاب واحدة منهن وترشيحها لسوما وهن يعرضن عليها الأمر بإجلال، ويحمن من حولي بانتظار قرارها النهائي ثم يطيرن فوق رأسي وهن يرقصن في خطوط مستقيمة فيما بدت إشارة على أنها مقبولة، فيسرعن إلى خليتك لإطعامها من غذائها الملكي استعدادا لتنصيبها ملكة بأي لحظة.

وكم وصفت لنا كيف كانت سوما أم عيون «دوبِّلي» تبني بيوتا سداسية منتظمة بمقياس معياري لا يفشل أبدا أفضل مليون مرة من تصميم حيينا المشوَّه الأبنية القبيح، الذي تراءى للحاج فرج أبو منى أن يضع تخطيطه بنفسه فخرج بلا أي معالم. لكن سوما تعرف أحسن منه، وقد هندست غرفا رائعة للذكور، وأخرى للإناث العاملات بحرفية عاقلة، في شكل سداسي لاقتصاد الفراغ بعكس عشوائية تقسيم حيينا. وقبل أيام من رحليك أخبرتنا بأنها مريضة تدرك أنها تعيش أخر لحظاتها ولم يبق لها مزيدا من العمر. وكم كنتَ حزينا على مرضها، وكان

حزنك باديا على وجهك كأنك لم تحزن من قبل، وأخبرتنا على المائدة بأن نحلة غريبة هجمت العاملات عليها فقتلنها بعد فوات الأوان، إذ كانت قد نشرت بينهن العثة وهن ينتظرن مصيرهن، لكنني أراها تقاوم في بسالة راضية بكل ما بذلته من خدمة جليلة لخليتك، وهي ما تزال تعمل وتكافح بيقين وثبات، وتشدد على العاملات وتحثهم على الصمود والاستمرار في اتقان العمل حتى الرمق الأخير، وإذ تتحدى العثة اللعينة تعلم أن ألدَّ أعدائها تريد القضاء عليها، فكيف سكّان هذه المدينة لا يعقلون أعداءهم؟ وبانتشارها سيفنى النحل من المدينة، ولن يبقى من طعام العسل غير اسمه القديم كما كنت تتوقع يابا.

والسكّان باتوا دون الحيوانات، وتفوَّق فسادهم على الأبالسة، والحاج فرج أبو منى يرصف شوارع حيينا كل شهر، فهل عرفت يوما الحكمة من ذلك يابا؟ وكيف لك أن تعرف وأنت كنت تعرف بأن الحكمة قد صارت مادة للسخرية، وفيما المنطق يحتضر تموت معه فلسفة الحياة ومعانيها، فلا يعرفون من الأحياء سوى الجنس، ولا يفهمون من الكيمياء سوى القنب، ولا يهتمون بالحساب سوى عند دفع الأجرة، ولا يتكلمون غير لغة الشارع، ولا يعرفون من الجغرافيا إلا حدود كل واحد منهم، فيما أمسى تاريخ المدينة غير مجدي معرفته. والجهل ينتشر كما نيران غابات الشمال بين المتعلمين وغير المتعلمين سواء بسواء، والمدارس تغلَّق أو تبقى تعلِّم الشذوذ والتدخين، وما عاد خفيا بأن العقول قد جُندت، وبأن المساقات قد حُددت، ورغم ذلك فإنهم لا يريدون الاعتراف بأنهم في طريقهم للفناء، فماذا لو عرفوا الحقيقة؟ أيمكنهم استرداد عقولهم؟ أيمكنهم استعادة الخلود وهم عائشون وكل ما يهمهم جمع المال؟ ولا تكفيهم جبال أموال، فقد تغيرت القلوب، وبات من الممكن اكتساب حب الناس بخداعهم والكذب على ذقونهم. ويدّعون الحب وهم لم يعرفوا أي معنى للحب أو قدر للوفاء أو بعضا من إيمان، وقد صار الرزق لا يأتي إلا «بالفهلوة» والخفة و«تشغيل» الدماغ، وليس بالكدِّ والسعي والأمانة كما كان على أيامك يا جدي، وبينما شباب المدينة السوداء يتساقطون كأوراق شجر في الأوحال، وأطفالها ينهون حياتهم أو يصيرون قتلة مجرمين، تكون المدينة حقا في نزعها الأخير كما توقعت يابا، وقد طالت ساعات عذابي وأنا كمريض سرطان خبيث لا أمل له في شفاء منه، وبدلا من أن يموت ويرتاح يظل معلقا بحبال المكابدة، ما يدفع كل من يرونه أن يتمنوا له الموت؛ حتى يرتاحوا هم من كآبته، ومن فظاعة آلامه التي لا تنتهي، وكذا أنا اليوم من منطلق الشفقة والرثاء لحال المدينة أطلب الفناء للعالم الذي صار وجعه لا يُحتمل، وبالموت ألتمس له الرحمة والمغفرة.

وأستلقي على فراشك تحت مروحة السقف أتابع بتلفازك الألوان إعلانات الشركة وصور الأغنياء يتباهون بسعاداتهم، وبرنامجا يستضيف الحاج فرج أبو منى أحد الإخوة إذ يكذِّب فيه اشتعال الحرائق في غابات الشمال الصنوبرية، وكم كنت لا أحب مشاهدة التلفاز وكذلك سيف، حتى أن تلفاز رواق الطعام القديم عطب منذ زمن ولم أفكر في إصلاحه من وقتها، والآن أفهم كيف أنك كنت ملكا بغرفتك، وأقوم لأتجسس على ذكَر الأسماك السوداء وهو لا يباشر أنثاه بل يقترب منها بأدب لا يتطفل عليها، وينتظر حتى ترش فوق أرضية الحوض غبار بيضها، وأراها حزينة واهنة ترقص له رقصة جادة بعلامة عدم قبوله زوجا لها فيهرب من أمامها، ويتركها لحالها، ولا يسكب على بيضها منيه، فأضع لها الطعام وانتظر، فلا تقترب منه كأنما تريد الموت، فهل تشعر بغيابك يابا وتفتقدك؟ أم أنها تنتظر حتى تضع لها الطعام بيك؟ ثم أخرج إلى الشرفة لأتفقد زوجا العصافير، فأرى الذكر يصفِّر ويغني لزوجته مغازلا لها بينما هي لا تعيره أي انتباه، فأغيِّر لهما المياه، ويهبط الذكر ليرتَي وأنثاه تحرم عن نفسها الماء كأنما تريد الموت عطشا، فلما لم تعد ترغب بالحَياة؟ وهل أحسَّت بغيابك فقررت الإضراب عن الطعام والشراب حتى تعود؟ وما ذنب زوجها الذي لم يفرق معه من يضع الماء؟ وكذلك السلحفاة نرجس لم تعد ترغب في الخروج من قوقعتها وتحاول الانتحار بقلب ظهرها، وحتى نباتاتك لعطرية السوداء ذبلت، ولم تعد تتأرَّج بعبيرها الزاكي، ماذا دهاهم يابا؟ ولما يفِّضِّلون الموت على الحياة؟ فهل يعقلون غيابك ولا يقدرون رؤية العالم بدونك؟ وما بال جيراننا لم يفتقدوك؟ فما أدمع عليك من أحد.

وهذه المدينة غابة مليئة بالوحوش، يا قاتل فيها يا مقتول، فهل أراد الله لها كل ذلك الشرّ؟ أم أن السكَّان هم من اختاروا لها الهلاك؟ وماذا لو كان الله قد فرض فيها الخير ولم يعطهم حرية اختياره؟ فهل تكون هذه هي نتيجة الحرية التي منحهم إياها؟ وناصح يريد لهم الخير كما يقولون، وسيف ابني يضع لي «المصلية»، ويسألني قائلا:- «لما لا تصلي يا أبي؟» وأردُ على سؤاله بسؤال قائلا:- «ولما أصلي يا سيف؟» فيجيبني قائلا:- «صل لأجل النبي لأجل يوم البعث»، وهل البعث حقيقة يا سيف؟ وهل سيبعث جدك من جديد؟ فيجيبني قائلا:- «نعم يا أبي إن البعث حقيقة وإن السعادة في هذه المدينة ليست حقيقية وليست بدائمة وإنما السعداء الذين يعملون حساب هذ اللحظة»، ثم يؤمِّني ولأول مرة بحياتي أتذوق طعم راحة وسكينة تسري في عروقي، وأنت كنت تصلي يا عبد المطلب، وكنت تركع وتسجد كأنما سيفوتك القطار، فما لم تطلب يوما مني أن أصلي؟ ويا ترى أكانت صلاتك هي سر راحتك الدائمة وشعورك بالرضا؟ ولكنَّني بمجرد أن أنتهي يعود الحزن يرجفني رجفة قوية، ويعسني بأقدامه الفولاذية، ويسحق رقبتي، ويستكثر عليَّ

ثانية أرتاح بها منه. فأرتدي ملابسك، وساعة يدك، ونظارتك، وحذائك، وأستعد قبل خفق امرأة سعيد جارنا للبيض، وأهرع بالنزول منتصف الليل مع كتابك غير النافع، لأسير في غمرة الليل الحزين هائما على وجهي متألما، في طريقي إلى جنينة «الجبَّانة» التي كنت تجلس فيها حتى تطلع الشمس.

وميدو صاحبنا النحيف أسمر البشرة لديه من العمر ثلاثة وثلاثين عاما، وقد درس الكيمياء ويعمل فني معمل بالنهار، ولديه «باترينة» سجائر يقف عليها زكريا ابن عمه أسفل عمود نور لجواره سمَّاعة ضخمة؛ لأنه يعمل بالمساء على «دي جي»، والله عنده «فرح» في قاعة الأفراح بواجهة السلم، وستكون سهرته «صبَّاحي». وأفتح باب «الأسانسير» الذي ينتهي بالدور المسروق لأجده محددا ذقنه وشاربه، ومصففا شعره لتوه عند قريبه «الچوكر» الحلاق، ورأيته يقف بملامح خشنة مع إسلام صاحبه أمام القاعة، وأسمعهما يتشاجران لأنه لن يتمكن من السهر معه بمنزله هذه الليلة، وحفل الزفاف لم يبدأ بعد، فأغلق الباب وألقي عليهما السلام فلا ينتبه لي أسامة الذي يستمر في صراخه بينما إسلام ينظر لي بنظرة كلها لؤم. والغريب يابا أن الدور المسروق كله مايزال منيرا، وعم حلمي الذي كنت تفضل الذهاب أخر الدنيا ولا أن تكوي ملابسك عنده لجشعه واستغلاله ما يزال فاتحا، وأبو وردة «الترزي» القصير ما يزال يعمل على ماكينته يخيط الملابس بمحله الضيق، وعبقرينو فني «الكمبيوتر» ما يزال يعمل في تصليج الأجهزة، ومتولي بن الحاج عثمان سهران في محل «البدل» الرجالي ولديه زبائن يقيسون بعضا منها على أنفسهم، وسلمى «الكوافيرة» تحت يدها عروس تجهزها ولم تعد إلى أبنائها حتى الساعة، وساندي صاحبتها لديها «أتيليه» للعرائس بجوار محلها وهي تُري سيدة على فستانا أسود، ودنيا صاحبتهما لديها محل هدايا و«إكسسوارات» حريمي وكعادتها تشير بيديها رافضة أي فصال في السعر، وعيادة الدكتور أحمد حسن طبيب الأطفال مفتوحة ونجوى ما تزال تستقبل المرضى، وعيادة الدكتورة سماح عطية زوجته طبيبة الفم والأسنان لجواره ما تزال تشرع أبوابها وتنتظره حتى ينتهي ويعودا إلى البيت.

وأنزل على السلالم فأسمع «الزفة» إلى القاعة تصعد بالدُّفوف، والطبول، والزغاريد، فأمضي خلالها ممسكا بيد «الدرابزين» القصيرة أكاد وأسقط في «المنور»، فانحشرت أنفي بين سلاسل «المعازيم» الذين لا ينتهون بملابس أنيقة سوداء، وأسير بين العمائر وكل الحي ساهر بيافطاته الكثيرة السوداء، والحياة ما تزال نابضة ولم تتوقف حركتها بعد وكأنما نهار. والجو حار للغاية ساخن ومكتوم والرطوبة عالية، وأول ما لفحني دخان سجائر محشوة كثيفة عطست لها، لأجد أم دعاء بائعة البيض والمش والعسل لا تزال راقدة أمام البرج

لهذه الساعة، ماذا يحدث يابا؟ والشوارع لا تزال تعمل كخلية نحل لا تتوقف لكنهم فيما يبدو لا ينتجون سوى عسلا أسود. وهذه مكتبة سمير للأدوات المدرسية، وهذا «ماركت» أبو عزة، وهذا محل «النونَّة» لألعاب الأطفال، وعم محمود «العجلاتي» ينفخ في العجل الصغير والأطفال من حوله يلهون، و«كافيتيريا» الشمندوري تعرض شاشاتها الضخمة في منتصف الطريق تذيع «ماتش» كورة قدم بصوت عال، وميزِ صاحب محل «بلاي استيشن» عليه إقبال ويصدر منه أصوات صياح لا يتوقف، ومدَّثر لتأجير جميع السيارات يجلس يشرب الشاي أمام معرضه مع ابنيه الذين من حوله يلعبون، وعفاف تجلس بمفردها في محل أقشمة لصاحبه الحاج لطفي وهي «تسخسخ» في «التليفون»، وتيسير ابن الحاج عرفة السمسار لديه ثمانية عشر عاما ويقف في محل والده أربعة وعشرين ساعة، وخليفة يعرض بمحله الكبير أجهزة كهربائية ويكاد ينير الشارع بأكمله لوحده.

ورمضان «الفرارجي» يده لم تجف بعد من الدماء وما يزال يذبح لزبائنه الفراخ وينظفه في آلة التنظيف، وسليمان الكهربائي يعمل في محل جديد، وعزيز النقّاش لم ينتهي من الجدار بعد، وفرن أبو رامي عليه «طوابير» من السكَّان الذين يستعدون للعشاء، وصيدلية الدكتورة سمر يعمل فيها خمسة فتيات جامعيات، ومرزوق الجواهرجي ليس لديه زبائن لكنه لا يرغب في العودة إلى البيت ويشاهد التلفاز بمحله، وفؤش المصوَّراتي يعرض صور بواجهة محله لأكبر المحظوظين بالمدينة، وطلعت اللَّحام يعمل في أساسات برج جديد، ومطعم الرضا للفول والطعمية عليه أمم، وعبد الوكيل المحامي مكتبه لا يغلق يعمل على مدار الساعة لاستقبال الاستشارات، ومطعم أسماك لمعي ما شاء الله أكثر من نصفه ممتلئ، وعبد السلام المأذون يبدو أنه يكسب «حلو» في هذا الموسم والطلاق «على ودنه» هذه الأيام ولا يريد أن يغلق، ومطعم كشري حبيب الذي توعكت منه وعكا شديدا قبل أن تحرم الأكل من عنده ثانية، وأبو حامد الحلواني الذي يضع عسل السكر ويبيع حلوياته على أساس أنها مغموسة بعسل النحل، وعبد الشافي عصائره نصفها ماء، وحسَّان «الفكهاني» عنده أصناف من فاكهة لا تعد ولا تحصى تزرعها الشركة في الشمال، ومحل حسونة للب والفول السوداني الردئ، وفجلة عنده طماطم وخيار وبصل وثوم من حصاد الشركة الجديد، وأبو يمنى العطار وتوابله المولعة وأعشابه قليلة الجودة، ورؤوف السبَّاك الذي يظن حاله طبيب كُلى، وأبو خالد «الميكانيكي» رأسه بداخل «كبوت» سيارة، وعزَّام «العقشجي» يضبط في عجلة بالمفكات، وصبري «السمكري» يعدِّل حادث لسيارة على البارد، و«سنترال» أبو جنة يتهافت عليه «الحبِّيبة» وهناك من بالخارج أنفار ما يزالون ينتظرون دورهم لإجراء المكالمات، وعبودة

«الجزمجي» يعيد إحياء الأحذية البالية، وأم سامية فاتحة «كشك حاجات الحلوة» مستغلة إحدى غرف شقتها بدور أرضي.

ومروان الذي يدرس التمريض يقف بالمساء على عربة تين شوكي لدفع تكاليف المعهد، ومن حوله زملائه كريم بعربة دوم وحب العزيز، وحسام بعربة فشار، وسمسم بعربة بطاطا مشوية، وعصام بعربة ذرة مشوية، وتوفيق يمسك بعصا عليها حلاوة وينادي عليها الأطفال، ورضا وابنتها بدور تقفان على عربة كبدة بجانب كاسيت تصدر منه أصوات ضجيجة، وطه يقف لجوارها بعربة تحضير الشاي الساخن واضعا كراسي أمام عربته يجلسون عليها بينما يأكلون السندويتشات عم حسين ينام على «فرشة» صوف فوق الأرض يبيع «القلل»، ورمزي عامل «البنزية» يموّن سيارة وهو يقضم رغيف تقاطيع من عند عجيبة الجزّار، وتلاميذ عائدون بعد منتصف الليل من دروسهم الخصوصية وطلبة آخرون يخرجون من مدرسة «الصنايع» المجاورة، و«دوشة» أغاني مختلفة صاخبة، و«زيطة» بكل مكان، ومسيرات السيارات الأجرة والملاكي لا تتوقف، وأصوات محركات «الموتوسيكلات» و«التروسيكلات» الفظيعة لا تهدأ، وسائقي شاحنات النقل الكبيرة يصيّحون على بعضهم البعض «بالكلاكسات». والهواء الساخن ساكنٌ وبغيض، محمَّلٌ بأدخنة غليظة تجوب السماء، فكيف تستمر الحياة على هذا النحو؟ ولا أحد ينام في هذه المدينة بل لا أحد يرغب في النوم، ولما ينامون؟ وكل ساعة تبيض لهم بيضة ذهب، ولو سهروا أكثر لحصلوا على دخل أفضل يساعدهم على تدبير شئونهم، فيدفعوا به إيصالات النور، والغاز، والمياة، والقمامة، بخلاف إيصال شهري يجب دفعه للبوّابين وحارسي العقارات. وصنف الشركة الجديد يجعل الواحد سهران حتى الصبح، وتقريبا ليس هناك ما هو مغلق سوى رياض الأطفال. وأسير وأمسك برأسي، فانا أعرفهم واحدا وحدا، حافظ «وشوشهم» ولكن كأنما لا يعرفونني ولا يرونني كل يوم، وكأنني في مسرح كبير وكل واحد منهم أخذ دوره في «الدراما» وأنا واقف على «البلاتوه» وحدي ولم أعرف دوري بعد يابا، وأصرخ في سري قائلا :

ـ أريد الخلاص «بقى» من هذه القصة الرتيبة.

وهذه «الجنينة» مليئة بالأشباح، معتمةٌ ومخيفة أجزعت قلبي، فكيف كنت تجلس بها كل تلك المدة؟ وهل كنت تجد فيها راحتك فتهرب إليها من صوت البيض المخفوق؟ وسورها لا أخر له ممتد بطول الطريق السريع الذي لا يرى من الحواجز الأسمنتية العالية، وليس ببعيد مقعدك الخشبي المهترأ الذي كنت تختاره من بين مقاعد قليلة متسخة أسفل عمود نور تقرأ عليه. وأرى أمامي أبو خليل «الديلر» يقف في زاوية معتمة تحت شجرة يبيع للسيارات التي يبدو

أنها تعرف بالضبط مكانه، وهناك أطفال يحرقون صناديق القمامة الكبيرة من حولي لطرد الناموس، وهادي ذو السبع سنوات يعمل لدى أم سماح في جمع أكياس «البلاستيك»، وزجاجات المياه المعدنية، وعبواب «الحاجة الساقعة» وهو يطوف حول المقعد الذي أجلس عليه يجمع ما يقدر عليه. ثم يأتي طائر أبو قردان صغير ليرقد لجانبي يحدق فيَّ بعينيه كأنما يحدثني وجناحه منكسر، ويشتم في ملابسك ويحكّ بها منقاره، وينظر لي وكأنما كان يعرفك، ولا أذكر أنك حدثتني عنه يابا، وكأنه لا يريد العودة إلى «مقلب الزبالة» القريب الذي كان يبحث فيه عن طعام له قبل ان يهجّره منه الأطفال، فهل كان يعرف رائحتك ويريد أن يشبع منها؟ أم أنه يعرف بأن من بداخل هذه الملابس ليس أنت؟ ثم تأتي حمامة هذه المرة وتسأل عنك في رائحة ملابسك التي أرتديها؟ فما الحكاية يابا؟

وهذه «الجنينة» جافة للغاية، ولا تجد من يرويها منذ أن قلَّ معدل المطر، وحشائشها سوداء مقذرة تقبض رائحتها الصدر، وعليها عشرات من بقايا لأصناف مختلفة من منتجات الإخوة الاستهلاكية. وأرى صفا منتظما من نمل صحراوي أسود يزحف من عند شجرة وارفة بجوار السور، ويقطع مسافة طويلة حتى وصل أمام قدمي، وكل نملة منهن تحمل فوق رأسها كسرة كبيرة من ورقة شجر، وكلهن يعملن بحث عجيب. ماذا يحدث يابا؟ إنه جيش ضخم يكاد يفني أوراق الشجرة، وكأنهن انتفضن ليستعددن ويتأهبن لشر عظيم؟ لذا يسرعن بتخزينها في دغل عميق أسفل المقعد، وأرى ملكتهم ببطنها الكبيرة لا ترفع شيئا فوق رأسها، بل تقف برزانة على مقربة تصرخ فيهن بحنان، وتنظم صفّهن كأنها تعقل «مصلحتهن»، وتعرف مكانها، لذا تخشى عليهن وتحسب للخطر ألف حساب. ويأتي رجل من بعيد بجلباب واسع على «بسكلتة» عليها «كاسيت» يصدر منه صوتا يجعّر قائلا:ـ «أنا عشتي حرام في حرام»، ثم يقف متواريا خلف شجرة يرفع جلبابه ليتبول وهو ينظر لي في فجاجة، ثم ينتهي فيحرك قضيبه كأنما يقصد أن يلفت نظري، وأريد لو أمسكت بطوبة ضخمة فصوبتها نحو رأسه حتى أرى الدماء منها تسيل، فكيف كنت تتعامل يابا مع هذه الأشكال.

وأسامة يبدو أصغر من سنه بكثير مع أنه يصغرني بعام واحد، وقد تشارك مع عبد الصمد واشتريا «تاكسي» يعمل عليه أخر النهار بعدما ينتهي من عمله بالمزرعة بالتناوب معه. وقد عرف بمكاني الجديد فجاءني يشتكيني منه ويقول إنه يمدّ يده عليه، ويتحكم فيه، ويضيّق عليه، وإنه لم يعد يطيق العيش معه، بعد أن خيَّره بين الموت والحياة معه، وقد صار القتل يسير، وهو مرعوب منه، ويسألني ماذا يصنع معه؟ وكيف يجعله يبعد عن طريقه؟ وبماذا أجيبه يابا؟ ثم يشهق من شدة

البكاء، ويصك وجهه مرات تلو مرات، وأعصابي لم تعد تتحمل، فلتكفَّ عن ذلك يا أسامة، و«لتبطَّل» الذي تفعله لأجل النبي يا شيخ.

ولمّا أعود إلى البيت يجافيني النوم، وسكّان من الحي الخامس جاؤوا في السابعة صباحا «بميكروفوناتهم»، وعرباتهم «الكارو» التي تحمل الخضار والفاكهة، وهم يصيحون عليها أسفل البرج، وهذه لم تعد عيشة يابا، وكأن الشوارع أصبحت أسواقا عامة متاح البيع فيها بأي وقت. وهذه المدينة لم تعد تحب المختلفين، وسيف إذ يك مخالفا لأقرانه غير نظير، ومتميزا عليهم غير بليد، فلا بقاء له وسطهم، فالبقاء للأقوى وفاءً وإخلاصا للشركة، وماذا بيدي لأحميه منهم؟ وكيف أعيد له حقه وهيبته بالفصل؟ وهل كنت قادرا على حفظ هيبتي أمامهم؟ وأنا قاصر اليد عن صنع أي شئ لأجل مستقبله. وأحمد الله أنني تركت المدرسة التي كان تلامذتها لا يحبونني بل يحبون مدرس الألعاب لأنه يجاريهم في قلة الأدب التي يفضلونها، وهؤلاء يكونون زملاء سيف الجدد وهم يتنمرون عليه لتفوقه وعدم مهارته في الرقص بالمطواة. وأتمنى لو استطعت أن أحمله وأذهب معه إلى مدرسته، وأمسك «بالواد» و«الواد» ياسر من رأسيهما، وأشجّها نصفين، وأنا أنظر له حتى أقول في شجاعة:ـ أما رضيت؟ وإنما أنتَ كان عندك حق، فهذه تبقى أحلام يقظة، والأفضل له أن يتعلم التدخين ولا يتمرد، هيّا يا حبيبي، قم إلى مدرستك بالله عليك، ولكنه يرفض النهوض يابا، ولا أعرف ما العمل معه؟ وكيف لي أن أحببه في التدخين؟ وقد آن الآوان له لأن يبدأ سريعا بالانصهار في مجتمعه الجديد المفروض عليه. وأستيقظ في الثامنة مساء على فزع عظيم بينما الجيران يستصرخون بعضهم البعض، وهم يخبطون بقوة على الأبواب، ويحذرون من عاصفة ترابية شديدة تقترب، ويطالبون بغلق النوافذ، وأخرج إلى شرفتك فأرى شبحا أسود ممتدا في السماء بطول عشرات من الأمتار يسرع بوجهه الدميم نحو برجنا، وعلي أن أسرع بإيصاد الشبابيك الحديد، وأهرع على سيف وأحمله وأغلق الأنوار، وأختبئ به من الخوف بداخل دولاب ملابسك، حتى أسمع ارتطاما هائلا من حولنا يعقبه صمت طويل فهمت منه أن العاصفة قد انتهت، وأن الشبح قد غادر المدينة.

[]

-6-

«مَقْصَفٌ خَاصٌّ لِلْمَوْتِ»

وما بال وجوه السكّان غدت شاحبة وسوداء كسواد شبح المدينة؟ وكأنما يلعنهم كل لاعن في كل ثانية، تصابي كهولها، وقلة عقل شيوخها، وحُمقٌ شبابها، وبلادة تلاميذها، وكأنما فسادها علامة مميزة لا يُعرفون بدونها، بل ويفخرون بها. فأين راح السمت الصادق بنظر اتهم السابقة يا جدي؟ كذبةٌ في أقوالهم، كسلةٌ في أفعالهم، نشيطون فقط في مقاهيهم التي يترددون عليها لشرب الشاي وتدخين «المعسل»، ولعب «الچوكر»، وهذه أول مرة أدخل فيها إلى الحي الخامس فأجده أمما تسكن بين شوارع لا تصل إليها الشمس كأنها سراديب كريهة بها برك من مياه سوداء راكدة تنبعث منها رائحة العفن، وعمائره مكتظة عشوائية ومتفاوتة الأطوال والأشكال من طوب أسود عطن من فعل الرطوبة التي تنخره، وإنَّ هذه المنطقة خطرةٌ للغاية، ولم يكن بإمكاني أن أدخل إلى حييهم بدون مرافقة بشندي البوّاب. وقد مرَّ شهرين منذ أن توفّاك الله وما زلت أذكر أنه لم يكن ينزل إلى جوفك للزُوجته، وغبائه، ورقدته أمام العقار بالنهار بينما يستمني بيده على كعوب النساء من خلف جلبابه القصير المرفوع.

وهو لا يفعل شيئا سوى مراقبة سكّان البرج في صعودهم ونزولهم، وفي أخر الليل يَفتن بكل ما يرى من شئونهم، ويسجّل التقارير في مخّه، وقبل أن يسلّم قضيبه لامرأته يتصل بالشركة ليتلو عليهم مما يرغبون في سماعه، طب قل لي أنا ماذا أصنع يابا؟ ومن غيره يمكنه أن يُدخلني إلى أوكار هذا الحي، وكله يهون لأجلك يا بني، لأجل أن أضمن لك مستقبلا مشرقا في هذه المدينة السوداء، وهؤلاء هم الأُقرب لنا، ورغم ذلك يبدو أنهم أقل زيفا من أولئك الذين يقطنون الساحل الشرقي. وكله يهون لأجلك يا سيف، لأجل أن تتعلم التدخين على أصوله ولا توصم بالمضطرب كما وصم أبوك، أنا راحل يا بُني وأنت باقٍ، ومستقبلك يبدأ من هذا الشارع، وبشندي يعلم أن رأس ماله في الحياه هو ذاك القضيب المتضخم في كل أوقاته، والذي يُحكى عنه في الحي، ويصل صيته إلى وسط المدينة، وأنا لم أره قطعا وإنما شعرت به وهو يلتصق بي كظلي، ويرشدني للعبور من هذه الطريق الضحلة التي لا مفر من اختراقها للوصول إلى مقصف المعلم بلّاصة، وأنا لا يهمني إن كان بلّاصا أو إبريقا، المهم أن أصل إلى ذلك المكان البشع قبل أن يقضي بشندي على ما بقي من ذكورتي، ويعطيني كارت «ميناتل» عوضا عنها. يوه يا سيف، لابد لي أن أتعب لأجلك يا أخي، أمّال أنا ما الذي يجيء بي إلى هذا الوكر العفن؟ لولا أنني أردت تبصرتَك بواقع الحياة في هذه المدينة على يد المعلم، وإنما

أشعر أننا على ما أن نصل إليه سنكون قد غرقنا حتى الخصور في البحور اللزجة القميئة. وأرى الأطفال توحل أقدامها فيها بكل سعادة، أطفالٌ ويلعبون يابا، وبشندي يحمي ظهري، ورأسي، ووجهي، وأكاد لا أبدو منه، هضبة كاملة تغطيني وابني، وتحميني من هياج الأطفال، وتنطيطهم بابتهاج، وسيف ابني يا عيني لا يفرح مثلهم بينما أحمله بين يدي، وأضمّه إلى صدري؛ حتى لا يسقط مني، وبشندي لم يخبرني أننا سنذهب في جولة إلى البحيرة السوداء. إوز تربية، وبجعٌ، وبطُّ أسود يسبح فيها، وهو يحلف على أن لحومها أشهى من مطاعم وسط المدينة الفاخرة، وأنها إقتصادية لا تكلّفهم قرشا، ويُقسم بأن يُذيقني منها حالما نعود، ألم يكفه المُرّ في حياتي؟

وهذا الحي هو أقدم من حيينا بكثير وبه طرق «مُكسَّرةٌ» وضيقة، ومنازلُ فيها السقوف تكاد تهبط على ساكنيها، ومياة صرف متسرية من مواسير تنشح من واجهة الجدران بينما تنبت منها حشائش سوداء شائكة تشبه رؤوس الشياطين. وتكاد ظروف الحياة تتقارب فيما بيننا وبينهم عدا عن فارق وحيد بنظري وهو أن حيينا مفكك الأوصال بأسوار ذات بوابات خاصة تفصل بين مناطقه الداخلية الذي تحوي تسعمائة وتسعة وعشرين برجا بطلاء كحلي داكن وشرفات سوداء شيَّدها الحاج أبو منى كَثُرَت خيراته، وقد أحاط الحي بسور شاهق جامع، وأطلق عليه اسم حي «الخمسين ألف» وحدة بيضاوية الشكل. وبشندي يتفضّل عليّ إذ أنه يخدمني خدمة جليلة لا يُمكن لأحد غيره أن يخدمني مثلها، وإنما ماذا أقول؟ أنا استحملت كثيرا يابا، ومستعد أن أطعَم من هذي الإوز مثلما تُطعم النساء أطفالهن في هذا الحي ولا يشقى سيف، وألاقي كَدرا كبيرا من رفقة هذا المعتوه المُسمى بشندي والعجيب أن كل سكّان الحي يُبجّلونه، ويُعظّمونه له، ثم يعيدون إليّ البصر شزرا، وأعينهم تتساءل قائلة :

ـ من هذا المضطرب؟

وأحدهم يميل عليه، ويسأله، لأجده يصيح بعته وهو يجيبه قائلا :

ـ إنه أستاذ عبده المضطرب مدرس العلوم.

وأسمع المعلم بلّاصة وهو يرمقني من بعيد بجانب عينه، وكأنما يقول:ـ ما أوسخ من ستّي إلّا سيدي. ويسألني سيف ماذا يعني بذلك؟ وأقسم له أني لم أفهم، فبشندي وحده من يفهم الكُفت.اسكت يا سيف، ودعنا نخرج منها بسلام، سننهي رحلتنا سريعا، ونعود إلى حيينا، وبرجنا، ومنزلنا المريح على كآبته، وحياتنا المتواضعة على رتابتها، وحالنا الماشي كالأعرج، وطعامنا الطيَب على بشاعته، ولن تعود إلى هنا إلّا وأنت تمتلك الخبرة الكافية للتعامل مع هؤلاء الذين لم يعد أمامك مفر من محاكاتهم. رحلة يابا لا نفهم لماذا نعيشها، أو نجرّبها؟ ولا يمكنني

التنبؤ متى تنتهي؟ وإنما بشندي لا يفهم أن يفهم، ولا يهم أن يفهم، كل المطلوب أن يرشدني إلى مقصف المعلم بلّاصة قبل أن تغيب الشمس. ولابد أن نصل إلى الحانة بأسرع طريقة قبل حلو المساء، وأخشى أن ينزل علينا الشبح الأسود فيدفننا في الأوحال، ومن يقدر عيه يابا؟ وقد أمسى يفعل بسكّانها ما يشاء. أيعقل أن كل هؤلاء الرجال المتصابين يتهافتون على مقصف المعلم بلاصة؟ هذا غير الفتيان العمال الذين يشتغلون معه، عدّ معك عشرة، عشرين، ثلاثين، وسيف يسأل ما الذي يجذبهم للعمل عنده؟ فيجيبه أحدهم يقول:ـ وأين سيجدون هذا الراتب اليومي الذي يتقاضونه؟ وعند حق يابا، فهذا الأجير الهلفوت يكسب يوميةً أعظم من شهرية معاشي مئة مرّ، وهنا سأضمن لابني مستقبلا باهرا يليق بعبقريته. وإن قلبي ينفطر عليه كلما رأيته مولعا بالعلوم، والقراءة، تالله لأمنعن عنك الكتب حتى تفيق، وتعود إلى رشدك.

وليتك تسامحني يا سيف، اغفر لأبيك يا بُني، فما سوى الخوف على مستقبلك يشغلني، وأنا إذ أحضرك إلى هنا فما كان ذلك إلّا أن أردتك أن تكتسب المهارات المطلوبة بأسرع ما يكون، أونا خائفٌ على مصيرك أن يؤول إلى ما آل إليه مصير أبيك. انظر إليّ، هل يعجبك حالي؟ هل ترضيك تعاستي، هل يرضيك منظري وأنا بائس يعيش في سردابه لخاص ومغاراته اللعينة الموحشة التي لا تنتهي، وكأنما لم ير بشرا ولم يتعلم يوما كيف له أن يتجاوب معهم ويتعايش بينهم؟ ولن أتركك تلاقي ذات المصير ولن أعاقه بما عاقبتني به يابا، حتى وإن فد غفرت لك جريرتك، وذنبك في حقي، فقلبي لا يزال يعتصره الألم، ويخنقه اليأس، والأمل فقط يبقى فيه، وأنا راعيه، ومسئـل عنه، وأدرك كيف أجعله ينشأ من دون خوف، أو قلق، كما ينشأ السعداء في الدينة السوداء. وأعلم كم كنت تكره هذه الأماكن أشد الكره، وقد سكّرت عليّ جميع الأبواب، عشثُ كثيرا وأنا أظن أنه ما من غناء غير غناء «الست»، وإذ بالحياة ها أغان منكرة، واليوم يا سيف تتعلم كيف تعيش مستقبلك دونما أي اضطرابات، و إخفاقات؟ لتتعلم أن الخياة بهذه المدينة لا تتطلب قلبا طيبا نقيا يغدر به المستغلون ويتناز عه المتنافسون، بل هي غابة الأقوياء، ولا مكان أو نصف مكان لمن يعيشها بقلبٍ سليم.

ولِما لم تعلمني يابا كيفية العيش بهذه المدينة؟ وأغلقت عليّ كما كنت تُغلق على بنطالك فوق «كِشك»، الله يرحمك كنتَ تحسب السعادة في بيات دائم بغرفتك كسلحفاتك نرِس. وسكّان هذا الحي يحترمون «القرش» ويوقرونه، ويضربون له تعظيم سلام، وهم متفاوتون طبقيا فمنهم المرتاح، ومنهم المعدوم، والحاج علاء أبو هبة عين أعيان الحي ويوزع عليهم العطايا من لحوم مراعيه باستمرار. ويظنون لأن بإمكان أي أحد منهم الربح من تجارة القنّب فهذه إذن

حرية. تعال يابا لترى بعينيك كيف تحيا المدينة بسعادة في الظلام؟ وحين أجلس بينهم ينتابني الرُّهاب، وبشنددي يزجرني، ينهاني، ويأمرني، وأسمع له وأطيع، وهل أعرف هنا من أحد غيره؟ وأحيانا نسترشد بالحمار الفطين في ظلمة الليل الحالكة، وأحلفُ له أن «المعسل القصّ» يجعلني أتقيأ، فينهق بوجهي، ويوبخني أيّما توبيخ، ويقول بأنني أصغِّر وجهه أمام معارفه، ثم ينهاني عن إتيان أي عمل قد يبدو غريبا عليهم. ويريدني أن أفعل مثلهم، وضعف شخصيتي يحميه مني، وكنت تنصحني يابا بألا أضيع عمري في بحور العلوم، فالوجاهة الحقيقية أن يكون المرء على دين قومه وأخلائه، وها أنا ذا أعمل بوصيتك مع سيف فينعم بالراحة كما نعمت، ولكنني حزين لأنني لم أستطع أن أحيا بعضا من سعادتك، ولم أنعم بسلام داخلي مثلك. وعلمتني أنّ في الخوف سلامة، وأنّ في الحرص أمانا من غدر الزمان، ولم تخبرني بأن هناك بهذه المدينة من يحيا كالذئاب، وهناك من يحيا كالحملان، وأنت أردتَني حملا، وانا أردتُ سيفا ذئبا، وكل مطلبي بالحياة أن يعرف كيف يعيش ذئبا وسط الغابة، لكنه لا يستجيب، أحزن من جديد، ربما أورثته الغم، والانكدار، وأتحايل عليه؛ كي أقنعه بأن القنّب هو شهادة عبوره للمستقبل، ثم يشاققني، ويعصي لي أمرا، وكأنما يريد أن يبكي، ويتوسّل إليّ بأن أعيده إلى منزلنا، وألا أمسّ مكتبته بسوء بعد إذ.

ولكنني أكبر منك يا سيف، وأكثر خبرة إلى حد ما، وأفهم كيف أنّ الأخوة الخمسة يتحكمون بكل مفاصل المدينة، وأركانها، وأنهم يعادون العلم والعلماء ويُنصّبون أنفسهم أوصياء على ذوي الدرجات العلمية، وإن أصررت على ما أنت تصرُّ عليه فإن مصيرك سيكون كمصيري لا فكاك له عنه، ولا مناص مثل أغلب المتعلمين. ولماذا لم تُعرّف السعادة على دارنا يابا؟ شهر، والثاني، والثالث، وخيالك لم يغب عن خيالي قط، ورحيلك يخلّف عشرات من الأسئلة التي لا تبقى بلا أجوبة. وكل شيئ في هذه المدينة يدعو للنسيان، فلما لا أكاد أنسى؟ حتى أبقى معذّبا ضعف العذاب؟ وعلّمتني أن أستسيغ المرّ حتى لا أتجرعه مرغما، وأن أصمت حتى لا أقع في المحظور، وأن أكبت قناعاتي، ولا أتمرد على الواقع، وأن أقنع؛ لأن الهناء في الرضا، والاكتفاء، فماء البحر يتبخر ليكثر، والبرق يصمّ آذاننا لينير، والقمر يضيئ رغم ظلامه، والشمس تشرق بعد الليل البهيم، ومادامت الحياة مليئة بالتناقضات، فلِما لا نكون على شاكلتها متناقضين، ولا نأخذها على محمل الجدّ، وهي كساعة زمن على رأي جدي عبد البرّ.

والحكمة التي خرجت بها منك هي في العيش على هذه المدينة كما لو أن الموت يلاحقنا، ويطاردنا، ويكثّر عن أنيابه، وقد كنت غاويا للشعر، والأدب، وجدي كان أديبا عظيما، وتتركني حائرا ولا تخبرني هل كنتَ تهرب من واقعك؟

وهل أنت في مكان أفضل الآن؟ وإن كانت السلامة حقا في عدم الاعتراض على أي شيء فكيف يتغير حال المدينة؟ وكيف لسكّانها أن يغلبوا شبحها الأسود الذي يهجم عليهم بليل قدره أسود؟ وقد كنتَ شاعريا يا عبد المطلب، ومتحدّثا مفوّها، رثّا في مشاعرك، منمقا في هندامك، ولا عجب فالشعراء في اضطراباتهم يُعذرون، فهم مجانين على كل حـل، وما لا يعترفون به أنهم يهيلون على كل قبح الترابَ، وينثرون فوقه فتات خـز، وأنتَ رضيت بالفتات، واشتريت راحة بالّك ببخس الأثمان. ووقعتي كانت سوداء، فبشندي لم يخبرني بأنه مقهى كبير لا يُعرف له أول من أخر، بشر كالجراد يتكالبون عليه بهمة وحماس. وينكزني، ويشبّ من مقعده في قداسة وتبجيل، والجميع يفّذون واقفين، يضربون أفخم التماسي على المعلم بلاصة الذي كلما مرّ بـحدهم ارتمي على يده ليقبلها. سيد النعم يابا، وهذا الرجل يتحكم في مزاجهم، وهو الوكيل الحصري للحاج أبو هبة، والمعتمد الوحيد منه لتوزيع القنّب على السكّان. ولكنكَ يا عبد المطلب لم تنل شرف اللقاء به، وها هو حفيدك يحظى بهذا الوسام الرفيع، فصورة واحدة معه تكفي لأن توضع في صالة بيتنا؛ ليشهد الجميع بأنني لم أعد مضطربا.

وملوك المدينة يجلسون في مقصفه، وهكذا يُمنّن بشندي عليّ بأن هداني إلى طريقه، ثم يقدّمني إلى المعلم الذي لم تنزل عينيه عن سيف ابني. نهار أسود، وكأنه لا يقيم لوجودي أي اعتبار، ويده لم تبرح يد ابني، أقول لك ماذا يا سيف؟ وأنا ليست لدي أجوبة على كل تساؤلاتك، لكن لا تخف، فالمعلم بلاصة يبدو أنه ابن حلال «مصفّي»، وهل أنا أصلا أعرف أن أقيّم الناس تقييما سليما؟ أو أفهم أبعاد كلامهم وأفعالهم؟ وهل أمتلك من الذكاء الإجتماعي ما يكفي لأن أكشف أقنعتهم؟ ولكن بشندي يشكّر فيه بل ربما يبالغ، والمستقبل لسيف ولم يعد لي، فقد فاتني القطار، وأنا أشارف على الأربعين، وأقاسي انطفاء أخر الثلاثين، والمستقبل الحقيقي هو له يابا، وأن ألقي به في حِجر المعلم بلاصة؛ ليبدأ معه أولى جلسات المعرفة الحقيقية، المعرفة الأهم، معرفة الواقع بكل «غشوميته». وصبيه يقف بغياب طويل من عند بـلب يمده لفم سيف، وأنامله الصغيرة تشدّني من قميصي، تتوسلني إذ يبكي، وأحـول غضّ الطرف عنه، وبشندي ببلاهة يحرجه، والمعلم بلاصة يمرر أصابعه بشعره، ويخبره بأنه صار رجلا، وعليه البدء بتعلم التدخين. وما بال صوته يحنو، ويترقرق، وهو يهمس بأذنه فيما يجعر بأذني، ويخاطبني بأفحش الألفاظ، فينظر لي سيف في استغراب، وأنظر إلى بشندي في استهجان، ثم ينظر لي في خوف، وأظر إلى بشندي في حيرة، فيغمزني الأخير يقطع بأصبعه على فمه مشيرا لي بالصمت. وماذا لو امتعضتُ؟ سأقرّ إذنُ باضطرابي، وربما أطاح بي المعلم بكف يدـ أو أخفاني عنده. وبحقّك يابا لما علينا أن نكون مختلفين؟

وسيف ما يزال قطة المغمضة، ويمكنني تشكيله بحسب قوانين المدينة الجديدة، والمسكين ينظر لي وعينه تفيض بالأسئلة، ثم ما إن يرَ مني قبولا لا يهدأ قليلا، وسيف أنتَ تبلي بلاءً حسنا، أطع المعلم فهو يعرف مصلحتك أكثر من أبيك، عاش يا بطل، لتسحب أول نفس، ولا تتوقف عن الكركرة حتى لا ينطفأ عمرك. ويبدو عليه بأنه رجل سِمح، يكفي أنه يسنّ بمقصفه تشريعا في غير مقامه وهو ألا ينقطع ذكر الشركة. ثم لحظات ويدير «الراديو» إلى محطة أغاني، حتى يختلط هذرهم بجدّهم، ولا يسمع أحد أحدا.

وأجلس أراقب الجميع وهم منتشون ومحبورون في بهجة غامرة، وجوههم منبسطة الأسارير، بينما وجهي حزين من جوف صدري، ومنطفأ كعادته، وجسدي تيبس في المقعد، وأراهم يؤدّون في غنائهم بحركات بهلوانية، إذ يُمسك أحدهم بالمرآة، وينظر فيها جَذِلا، لا كي يضبط شعره، بل كي يضبط حاجبه، وهو يتراقص كجدي نطيح. ويبدو أن سرَّ سعادتهم يكمن في كسر نغم الحياة الرتيب بشيء من الإيهام، أو بالأحرى، إقناع النفس بقبول كل شيء ونقيضه، إنهم ينسجون الفرحة من خيوط الفقر، ويحترفون قلب المآتم إلى أفراح، فماذا لو كانوا أشباه بشر؟ أو أشباحا من جنس آخر؟ وإنما من الظاهر هكذا أن المعلم بلاصة مثقف جدا، أيْنعم لم يحصل على الإبتدائية لكنه يتحدث إليهم في أمور عامة، ويتواثب فوق المواضيع بخفة مذهلة إلى مستقبل المدينة الباهر في ظل الإخوة، وصولا إلى الإشاعات التي لا تكاد أن تنتهي. ووالله، وما لك عليّ حلفان، هذا الرجل كلامه موزون، ويُوزَن بمكيال من الذهب، يبدو أن له رؤية عميقة وصائبة في كل المجالات، صحيح أني لم أفهم منه شيئا، لكن الجميع يهزّون رؤوسهم، وحتى بشندي يبدو عليه أنه استوعب الكلام، وصراحة لا أثق بأني أفهم أحسن منهم. أيعقل أن يكون على خطأ، والكل يفهم عليه، ويؤمّن وراءه؟ وهذا الرجل يبدو أن استراتيجيته التي ينتهجها في حديثه تنم عن حنكة، وصقل، ورصانة، ومعرفة أصيلة ببواطن الأمور، لم يحصل عليها من الكتب، وإنما مما يسمعه عبر أثير إذاعة الشركة ومحطاتها الفضائية، ومما يقرأه عليه صبيه من صحفها ومجلاتها. والشبح الأسود من الظاهر أنه سيفعلها الليلة، فيتعالى الصراخ في المكان بغتة، وإذ بهم يركضون بكل اتجاه والرعب جاحظ بوجوههم، والمعلم يسارع بإغلاق مقصفه، وأبحث عن بشندي النذل فلا أجده من حولي وكان أول الهاربين، فأحمل سيفا وأغوط به في الوحل راكضا إلى أول طريق عمومي باحثا عن أي مركبة تعيدنا إلى بيتنا قبل أن يكبس علينا الشبح.

[]

-7-

«لِمَا لَا نَخْرُجُ يَا أَبِي؟»

وأشعر أنني ضيفٌ نزل في فندق بمدينةٍ كل واحدٍ من سكّانها يعيش بمفرده في مدينة بحالها، ويسيرون بمبدأ «أنا ومن بعدي الشبح»، وسيف يسألني كل صباح قائلا:

ـ عمَّا تبحث يا أبي؟

أبحثُ عن ماذا؟ أبحث عننا هنا أو هنا، فلربما أجد أحدا بأحد الأركان، أو ربما عثرت على روحي، فكم أستوحش غيابها وقد كانت معي طوال الوقت، واليوم تظهر لي ولا أعرفها وأحس نفسي غريبة عنها يابا. لا أريد لسيف أن يكون أحمق مثلي؛ يجب من اليوم أن يتعلم كيف يحافظ على قواعد الشركة، وكيف سيواجه الغد إذا خالف؟ أكتشفتُ خطأي وآن الآوان أن أنظف مخه من الكتب التي ستُخيِّب آماله، وأن أجعله ينخرط في الواقع الجديد أكثر، سأجبره إن لزم الأمر كما أجبرتني على الانصياع والتغافل، وبعد رحيلك ألتفّ حول تعاليمك فأفهم كم كنتَ على صواب. وقلت لك نتشارك في سيارة أجرة كما فعل أسامة وعبد الصمد ونشتغل عليها بالتناوب، وأنا لا أفهم في شيء سوى التدريس الذي فشلت فيه، وحتى دكتور إبراهيم كان عنده محل ألبان قلبه إلى محل حلاقة يديره بنفسه أخر المساء، كانت هوايته يابا ومشى الحال، واليوم لديه أربعة «صنايعية» شبّان ما يزالون يدرسون بالجامعة الكبرى. وابن بشندي البوّاب ذو الخمس سنوات يسرح كل مساء يبيع «مناديل» على إشارة ودخله اليومي يعادل مصروف أسبوع من راتبي، رغم أن بشندي جيبه عامر ولا يحتاج لإرغام ابنه على العمل، وهو بسخافته و«هلفتته» أسعد مني، وكم تمنيت أن أكون سخيفا مثله، والعمر مضى ولم أفعل فيه شيئا. وهذه المدينة غدت سجنا بلا أسوار، فما الحاجة إليها بعد إذ، والمضطربون يُغضب عليهم بنقلهم للعيش معنا بحيينا هذا، والمجرمون يعاقبون بالاحتجاز في مستنقع المستودع الشرقي.

والرغبة في الحياة تصنع الحافز، أمَّا الرضا كلمة غُمرت في وحل الجشع الذي أصاب رئة المدينة، والشبح يجعل حياة الناس كدراجة بخارية فُقدت السيطرة على مكابحها، وإذ يقودهم نحو الهاوية ينقلهم من قيمة الكيف إلى غاية الكم. والحياة بالمدينة غدت مادية، ومدى ذكائك الفاسد هو الذي يحدد ما إن كنت ستركب حافلات النقل العام أم سيارة فارهة، وإن كانت هناك ملائكة بلا أي أعضاء تناسلية، فنحن إذا أبالسة من طين، وما عاد ممكنا إيقاف الهرولة تجاه النهاية الوشيكة يابا. وإذا كانت مشاكل المدينة راسخة الجذور فكيف أمكن اقتلاعها بيوم

وليلة؟ المدينة تحتاج إلى معجزة، وسيف يقول لي إن القنب هو السبب، لأنه جعل الناس يهيمون على وجوههم ويغفلون عن الشبح الأخطر عليهم، وأقول له إن ذلك درب من دروب المواساة عبر تبريرات فارغة تعمق الوهم، فلولا تدخين القنب لانتحر أغلب السكّان لمّا لا يجدون ما يعيشون لأجله.

وفي ظل الخوف من المجهول يبحث السكّان عمّا يلهيهم؛ لتمضي أيامهم كما تمضي، ما يهم أن تُخمد جذوة القلق في صدورهم، ويا بني أطع قوانين الشركة تُطاع، وضعها بين حاجبيك، استغل كل شيء حتى حاجة الناس وأوجاعهم تكُ من الفائزين بالغد، وتحفظ مقعدك في مستقبّل باهر، وعملٍ مناسب، وراتب معتبر، ووضعا إجتماعيا يُعيّشك كالملوك ذي تقدير وجاه وسلطان. ضع كلماتي حلقة في أذنك يا سيف، فأنا لا أرجو من الدنيا سوى أن أراك في أفضل حال، وأول درس أريدك أن تحفظه عن ظهر قلب هو ألا تسأل، وألا تشغل رأسك بأشياء لن تعود عليك بنفع، ألا تنقاد وراء علم يورثك الهمّ، ويشغلك عن زينة الدنيا، بأفراحها وأطراحها، فتبلى روحك قبل أوانها، وتؤول إلى الوحدة الأليمة، فلا تجد من يسأل عنك، أو يهتم لهمك، أو يسقيك من نصحه، أو يغار على إخفاقك، أو يأخذ بيدك حين تبتعد الأيدي. اسألني أنا يا بني، فما أمضى على الإنسان من شعور بالوحدة.

وأتعجب من السكّان الذين ينشغلون بعيوب الآخرين عن عيوبهم، فهم إمّا لم تنجبهم ولّادة على الأرض، أو أنهم قدّيسون عاشوا في السماء من قبل، وتسألني ماذا يحدث لهم؟ ولماذا صاروا هكذا؟ تسألني هل هم بشر مثلنا؟ أو ليس نحن بشرا مثلهم؟ أم نحن لسنا بشرا من الأساس؟ وألم أنهك عن الأسئلة يا سيف؟ أضع أصابعي في الشقّ منك؟ أخبرني يابا ماذا أصنع معه؟ وإنه عنيد، ولا يكفّ عن معارضة الرأي. أرتمي على قدمك أقبّلها متوسلا إليك أن تفعل كما يفعلون، لكنه لا يريد يابا، وما قيمة العقل إذن؟ وأنتَ تدرك بما لا يدع مجالا للشك، أن عقل هذه المدينة قد ولّى زمنه، ورحل خارجها، ولن يعود إليها أبدا. ومن جديد يسألني قائلا :

ـ من أفسد مدينتنا يا أبي؟

ولمّا كل ما خلقه الله جميلا يسعون في إفساده؟ والإخوة يحاولون أن يُطفأوا الشمس، ويريدون إخفاء الحقيقة عن سكّانها، وسيف يتوقع أن الشبح الأسود لن يهجم في الليل فقط بل قد يظهر على غفلة في أي وقتٍ، وأخشى ما أخشاه أن يحجب نورها عن المدينة؛ حتى تقبع في الظلام إلى ما لا نهاية. ووسط المدينة البعيد من سطحنا غارق كأنه غارق في دوّامة، وأسفل تلك الكباري تختفي كل الحقائق المسكوت عنها، إنها تكتسي بالأضواء المبهجة الزائفة، كزيف سكّانها الذين يهربون من واقعها المؤلم بالغناء تارة وباللهو تارة وبالرقص تارات كثيرة، وسيف يقول

إن الموت هو الوجه الآخر للحياة هنا، وإن عدّاد الموتى بات يؤشّر على قدوم كارثة محدقة بالجميع، والمدينة في طريقها للفناء، كيف سيُعرف تاريخها إذا ماتت الذكريات؟ ومن عاد بإمكانه أن يُبطئ من سرعة الآجال الواقعة. وكل يوم نسمع عن عشرات الوفيّات من هنا ومن هناك، وبكل مكان، فالموت فقد بصره ولم يعد يُفرّق بين غني وفقير، والكل أمام عدالته سواء، والتقارير تخرج كالعادة من المشرحة بنتيجة واحدة وفيّات أنها طبيعية، وهكذا يُقاد السكّان إلى حتفهم فرادى وجماعات وكأنهم حيوانات تصرع في طريق عام. وهم لا يفضلون التجديف بعيدا عن القواعد، وفي غيّهم يتهافتون أكثر على منتجات الشركة؛ علّها تنجدهم بالموت من الموت، وليتهم يدركون أن الموت الذي يفرّون منه فإنه مُلاقيهم؛ جرّاء تلك المنتجات التي يستهلكونها بالليل والنهار.

وفي هذه المدينة يمكنك خداع الناس بإغراقهم في الجهل والخوف، وإذا كان أستاذ السقا وُصم بالاضطراب، وضُرب بالنعال، وظل قابضا على مبادئه، حتى طعنته الفاقة، وبَليَه العوز، فمن يُخرجهم إذن من الظلمات؟ وأنا أرى نبوءتك تتحقق يابا شيئا فشيئا، وقريبا جدا ستغرق المدينة في لُجة الظلام إلى الأبد. دنيا غرورة وكذّابة كما السَواقي القلّابة، الله يرحمك يا جدي، كل أقوالك كانت درر، وقد جمعتها في كتاب ضخم لم يعد أهل المدينة يعرفون عنه شيئا، مع أنهم يحتفظون به في بيوتهم ولكنك يا عبد المطلب كنتَ تؤمن أنه لا طائل من الحكمة، فما الحكمة إلا لعنة على صاحبها، أولهذا كان الناس يسخرون من عقلك ويوصمونك بالمضطرب؟ وكنتَ ترى في ظنهم نعيما لكَ، وراحة بال، غايتك أن تظل في نظرهم مجنونًا، فيدَعونك في حالك، حتى تخرج منها بسلام، وقد كان. وكم أنا خائفٌ منكَ أيهَ الغد، خائفٌ أن تمحي كل ذكرى جميلة، ويصير الفساد دين الماضي والمستقبل، ويصبح تاريخ المدينة العريق مجرد سراب، وفي شرفتك يمكن للواحد أن يغرق بالحزن دون أن يراه أحد.

وكل مساء تُقطع امياه، وأجد الخزان فارغا، فاترك الصنبور مفتوحا حتى أسمع صوت الماء لمّا يعود، ومنذ آخر ليلة ولا أقوى على النزول إلى رغبة أصحابنا بالسهر في بيت نهى، وأكاد أصدق أن تفزع من رقدتك، وتطبّ علينا تنكِّل بنا بالعصا أينما يُوجع، ــ لا تهدأ حتى تلاحقهم على السلالم، وأنت تسبّ وتلعن فيهم كما فعلتها من قبل في إحدى سهراتهم الكحلية. غفر الله لكَ يا عبد المطلب كنتَ تبغض السكّان جميعهم لكن عندكَ حق فهم لا يستحقون الفناء في الحب لأجلهم، لا يعرفون سوى البغضاء والمكائد، وكل أفعالهم تكشف عمّا في صدورهم من أحقاد وكل كلامهم كذب، وكل وعودهم خيانة، وكل آمالهم في البقاء أوهام، وضلال، وكل طموحاتهم أنانية واستئثار. يُمَنُّون النفس بحلم الثراء السريع، ولا يأبهون

بشبح الموت التي يلاحقهم أينما ذهبوا، ولا يظنون في الآخرة يا سيف، ولا يظنون كما تظن بأن السعادة الحقيقية ليست على أرض المدينة هذه بل يعتقدون بأن الإخوة سيمنحون لأصحابهم «شيك» على بياض يصرفونه على رفاهتهم، ويدخنون به كما يشاءون حتى غُسلت أدمغتهم بماء آسن. وأسوق عليك النبي يابا أن تُعلّمني كيف أتغافل مثلهم؟ وأصحابنا حين يُدخّنون القنّب يتغافلون، ويتعايشون، وأنظر إليهم شاردا بينما تتبدل أعينهم وتحتال سرورا. وأودُّ لو أدخّن معهم وأسَرُّ مثلهم، لكن راحت عليّ يابا، ويبقى الأمل في سيف، وأنا راضٍ بما قسمه الله لي، راضٍ بحظي من الحزن، صابر ومحتسب العوض فيك يا سيف، غداً تكبر وتعرف كم أضحي لأجلك، تعرف كم أن أحدا لم يكترث بحزن أبيك، ولكنه يقول إنه لا يظنني مضطربا يابا بل أعاني من القلق، ربما أنك تجاملني يا بني فعينك الجميلة لا ترى القبح. ويراني خارجا فيسألني :

ـ لمَا لا نخرج يا أبي؟

نخرج؟ نخرج نذهب إلى أين يا سيف؟ وأنت عندك مدرسة بالصباح ولا يمكنك السهر، وأنا أعلم أنني أسوق له الحجج يابا، وقلبي يوجعني عليه، فماذا أقول له بالله عليك؟ ويريدنا أن ننزل إلى بيت الدبّة ونسهر مع أصحابنا وأعصابي لم تعد تتحمل الأغاني الحزينة التي تبهجهم، وهل يوجد ما هو أصعب على الإنسان من شعوره بأنه لا يعرف إلى أين يذهب؟ ولكنه يلحّ عليّ وأنزل إليهم وآخذه معي وأمري لله. إن تبِيعهم يا سيف يشتروك؛ لإنك إن لم تفعل يا بني يبيعوك برخص التراب، ولا تكن كأبيك رهيف الإحساس، مضطرب الوجدان، غارق في الأفكار، مختل ومجنون. وألا يحق لي الشعور بالفرح يوما يا عالم كما أراهم يفرحون ويتمازحون؟ وقد اهتميتَ زيادة عن اللازم «بالست» يابا وأهملتَ وجعي، وأرى سيفا يمضي على نفس الطريق المؤلمة، وأسكتُ كما سكتَّ عني؟ والمكتئبون في هذه المدينة السوداء لا يجدون من يُخرجهم من متاهتهم المرعبة وعالمهم المخيف، ولا أحد يرغب في الاقتراب منهم كأنما بهم الجُذام، يتنمرون عليهم من بعيد يشيرون قائلين:ـ «هذا جزاء من لم يُطع القوانين ويُدخّن في صغره».

وهذا مصير المتعلمين والعلماء يابا، وإن كان بإمكان الأطباء أن يصفوا للمرضى من صنوف أدوية الشركة، لكنهم يُقرّرون بأن من أصابه الحزن قد حلّت به لعنة لا عَقار ناجع له ولا حل معه سوى الاجتناب حتى يلقى مصيره المشئوم. وإبراهيم النشّار صاحبنا لم يعد يؤمن بالعلم، إذ يقول إنه لا جدوى منه في هذه المدينة، فهو يكسب من محل الحلاقة أكثر من وظيفته بالنهار في المحزر، وإذا كان بشندي قد اقتنى لأم الهنا سيارة مؤخرا بثمن سيارتك يابا ثلاث أربع مرات، فأما كنتَ تعرف أن تُنشأني «هايف» مثله؟ أو متسلطا على خلق الله مثل سائقي

المدينة وهم يُعبّون البشر في حافلاتهم المترهلة كما يُعبّونها بأدخنة القنب، ويستبدون بوضاعة على الكبير قبل الصغير، يحددون لهم مواضعهم، وهم يأخذون رخصة بلطجتهم من الشركة التي تُعينهم على ذلك. ويكتسبون أجرتهم في اليوم الواحد ما يعادل راتب شهر كامل ممّا أتقاضى بعد تسوية المعاش، ولا عزاء لمن لم يُدخّن إن تعاطى الشحاذة إذن، ونهى إذ تخشى على مستقبل أبنائها تريد تأجير أتيليه فساتين الزفاف بالدور المسروق.

وكلما حدّثتها في أمر التقارير المضروبة التي تخرج من المشرحة أجدها تمتعض، وتتجاهل ما أقول، حتى أسامة «ينسطل» ويتناسى ما كان يحدثني بشأنه في الصباح، من أنه يعرف بأن بيض الشركة «مهرمن» ويتسبب في الوفيّات، وأنه قد رأى أعدادا لا حصر لها من الفراخ تتصطف في سير بانتظار دورها في الحقن، ووائل يعمل مندوب مبيعات لدى الشركة، ووضعه المالي مرتاح بل أكثر من جميعنا راحة، ويجلس متكئًا على وسادة لا يرمش جفنه كأنه صنم، ولا يتذكر شيئًا مما قاله لي أول أمس، وميدو صاحب «نكتة» ولمّا تعلو معه تنتفخ أوداجه، ويصير دمه خفيفا «كالشربات»، ويجعلهم يقهقهون في تهلُّلٍ وجذَل من فرط نشوة بخيبتهم الثقيلة، وأنا جالسٌ أتأملهم في شرود، كئيبا شاجٍ، وساهِم في كمد، وكأن أثقال المدينة أحملها على كتفي وحدي، فلا يثير ضحكي ما عليه يُهرّجون. والحق يابا أن أحسدهم على «روقانهم»، لكن كثر خيرهم، فأنا أثمّن لهم أنهم لكآبتي متقبّلون ومتفهمون، لا صحبة خير صحيح، ومن غيرهم يمكنه تحمّل أحزاني التي لا تخمد؟ ونهى لمّا «تروح» فيها تُعبّئ الجو بضحكات جريئة لمطلقة سعيدة بحياتها بدون رجل، وصاحباتها ينظرن إليها كقدوة بينما جفني يتثاقل ولم أعد أرغب في المزيد من البقاء معهم.

وحين يشربون يتظاهرون بأنهم أسوياء، ويتمادون في رفض كونهم مضطربين، وكون الاضطراب ظاهر عليهم، و«غلاوة الست» عندك يابا قل لي ماذا أفعل حتى لا أقف وابني على عتبة باب جامع نمدُّ أيدينا لمن يساوي ومن لا يساوي؟ وكل يوم يمرّ يصير أمرّ من ذي قبل، وأصحابنا بالنهار في حال، وبالمساء في حالٍ مغايرة، وقد تخلّوا عن قضيتهم بأكملها، وسلّموا بعدم جدوى المعركة. والشبح الأسود بات يدنو أكثر من الأنوف؛ ليمرّغها في وحل الجهل، والغباء، وهو ينتوي إطالة البقاء في سماء المدينة، ولن تكفيه ساعةٌ من مساءٍ من شهر، فهو يشتهي المزيد كما يقول لسيف، ولربما يصدق في كلامه معه حين أنبأه بأنه سيحصد أرواحهم عمّا قريب، وأنا أصدّق سيفا فلم أعرفه يكذب يوما، ورغم تصديقي له بوجود الشبح الأسود إلا أنه لا فائدة من إيماني لو كذّب به الآخرون؟ والغريب ألا أحد عاد يأبه بوجوده من عدمه صار سواء، فقد يعتادون عليه حتى

يألفوه، ويدمنوا على وجوده في حياتهم، وهو حين عرفهم وفهم طبيعتهم السلبية المُنكَّرة قرر أن يظل معهم لأطول فترة ممكنة.

وسيف يُتوقع أن يمكث الشبح فيها حتى مطلع الصبح، عندها تغرق المدينة في الفوضى، حتى تصير الحياة فيها جحيما مستعرا، فتتوسع جرائم السرقة والقتل، ويستوحش السكّان، وتنضح شناعاتهم، وتغلب طبائعهم الحيوانية التي جبلوا عليها، فتتأجج غرائز عنيفة وتشتعل، وتخمد أخرى طيبة. وإن كان الإنسان على دين خليله فيقلّده حينما يستفحل الواقع ويسوء، ويكون خراب الضمائر هو السمة الغالبة، فتجبن النفوس وتخسّ، ويعزوها القوة في مواجهة الباطل، فتستعيض عن وهن الخير بأن تنزع إلى العدوانية، والإيذاء؛ لإثبات جدارة مخافة أن تؤكل مدفوعة بشعور النقص. وأمّا القوي من يرى في نفسه المقوّمات فإنه يتجبّر ويستبيح الفساد ويصعد على الجميع ساعيا لتنامي ثروته بكل طرق سريعة مشروعة أو غير مشروعة، وعوضا عن فضيلة الرضا بالمقسوم أراهم يتكالبون على الأرزاق بالقوة وفرد الذراع صباح مساء؛ غابة بحق على رأيك يابا وإنسانها وحش كاسر ببرية الشمال، فلن يأمن أحدٌ على نفسه أن يسير بمفرده في الشارع، أو حتى وهو بعقر داره، مع ذلك فلا أحد يبالي في المدينة، وقد سلَّموا مستقبلهم بيد الإخوة يحددونه لهم وحدهم، وهم ماضون في اعتقادهم بأن من تحت القبّة شيخ، ولن يعترفوا أبدا بوجود الشبح الأسود بالمدينة لا لأنهم غير مؤمنين به بل في الواقع للهروب بأنفسهم من مواجهته بعدما تقاسموا معهم المصالح التي أصمَّتهم عن «اسطواناتهم» المشروخة.

والجو خانقٌ وما يزال ساخنا وجافا، وفيما يبدو أن الشتاء لم يحن له أن يستيقظ بعد، وبعد أربعة شهور من غيابك أمسى الشبح لا يخلف موعدا، ومع نزوله كل شهر يشحّ الأكسجين النقي، وتنازعه جزيئات فاسدة من أول وثاني أكسيد الكربون، فيتشكّل الخَبث، وتتراكم الملوثات، والعوادم تعلق بالهواء، وتتكثّف نواتج الاحتراق في السماء، ويحتشد الغلاف الجوّي بغازات سامّة دفيئة تُزيد الاحترار. وتايسون يؤكد بأن الصيف لن ينقضي بل إن الحرارة تحتد شهرا بعد آخر، وقد تستحيل غابات الشمال إلى رماد، فتتفاقم الأبخرة السوداء. وأخبرنا أنه قد تشهد المدينة تغيرات في التيارات الهوائية يصاحبها عواصف ترابية غير مسبوقة، ويقسم أنه في غضون عام تكون المدينة غير آهلة بالسكّان. ولديه معلومات بأن الشركة تُأمّن نفسها، وأن ناصح ابن عمي يعلم بالكارثة ويستعد لها.

والجهل كأنه صديدٌ يُؤكل عسلا، وهو من أقوى أسلحة الشركة، ومع عدم إدراك السكّان بحقيقة الخطر المحدّق بهم فإنهم ينغمسون في المزيد من العناد ومن لديهم العلم الكافي والمعرفة لا يمتلكون قوة كافية لدرء الخطر عن وجه

المدينة. والشركة هي الوحيدة المستفيدة من تشويه سمعة أستاذ السقا حتى بات السكّان يرددون أن العلم ما هو إلا إهلاك للرأس بكلام غير مجدي، وأن العلماء لا يجنون سوى الإجحاف بعلمهم. والمعلم البغل يستنكر ما بات يتردد في المدينة بأن لحوم الشركة ضارة بالصحة ومسرطنة، وبكل عجرفة، وخداع، وتضخم ذات خرج على سكّان الحي يتوعد سيفا الذي يعتقد بأن من يحرض عليه، ومزرعة مواشي الإخوة تتوسط مرعى كبير وترسم حدودها عشرة عنابر مهولة تضم مئات من رؤوس الأبقار والجاموس، فيما تجارٌ وجزارون ينتظرون أمام البوابة الرئيسية بانتظار العمال الذين يخرجون العجول المصطفة إلى الميزان، وبينما تعلو صيحاتهم بالتكبير يفحص إبراهيم بنفسه عينات دم من العجول، ويرصد بتحليلها في المعمل وجود نسب عالية للغاية من هرمونات محظورة تؤدي إلى الوفاة بعد فترة قصيرة من تعوّد تناولها. والمعلم البغل يكسب الشهد من وراء ذلك، وقد قرر التصدي بنفسه لتلك الشائعات نيابةً عن الشركة، فتارة يعمل على إغراءه بلفائف القنب ليسمح له بذبح عجوله رغم عدم صلاحيتها للاستهلاك الآدميّ، وتارة يقرر إرهابه والتلاعب به، وهو يدرك أنه لو استمر في «تنشيف» مخه فسيتم التنكيل به، وبلطجية المعلم من حوله يشاهدونه ينزف حتى الموت، ولن يحرّك أحدٌ ساكنا.

وإبراهيم صاحبنا مطلق وأصغر مني بعامين، وبعد طلاقه عرف «الواد» كوكو البسيوني صبي الفحم، وبعدما أغلق محله قبيل الشروق مرَّ عليَّ بالجنينة لأنه لن يذهب إلى العمل نهارا. ويظل يحكي لي بصوت فاضح في تفاصيل علاقته القميئة بكوكو حتى أشعر بالتقيأ، ويهمس في أذني بأن لحوم المعلم البغل المفرومة، وقوالب «الشاورما» في مطاعمه، وعربات الأكل التي يمتلكها لا تخرج عن كونها نفاية مجازر الشركة التي تفرز مخلفات عجولها بعد ذبحها، من أمعاء، ودهن، وشغت، وتسلمها له بثمنٍ بخس، وأنت فاهم «بقى» يابا ماذا يصنع بها؟ يخلط كل هذه الفضلات ويفرمها معا، أمّا بقية الذبيحة فتذهب إلى بطون الأغنياء. و«ساندويتشات الكبدة» التي رحمك الله منها يابا تعطيها الشركة للمعلم دون أي مقابل، وهو ما شاء الله عليه ربنا يزيد ويبارك يبيعها بأرخص سعر في المدينة ورائحة البهارات «المفحفحة» وألوانها المسيلة للعاب تعمل كمغناطيس يجذب السكّان، فيتهافتون عليها كما ذباب يتهافت على صندوق نفاية، «أمَّال» السيارة المرسيدس المركونة أسفل البرج من أين يابا؟ ويُقال إن من لم يأكل عند المعلم البغل فهو لم يعرف مذاقا للطعام بحياته، وبالتالي فإن أي حديث عن خطورة لحومه «المهرمنة» غير ذي طائل، والمعلم يجاهر في المنطقة بأنه لا يعتد بكلام العلم، وأشاع بين السكّان بأن من يتحدث في ذلك فهو مضطرب، وإذا كانت الشركة تُعيّن

المفتشيين البلداء، فلا أمكنهم التفريق بين الصالح والفاسد، وما عليهم سوى تمرير القوانين.

[]

-8-

«اقْتُلْنِي مِنْ فَضْلِكَ»

وتتخيّل يابا أن سيفا ينصحني بالتغلب على مخاوفي؟ والله كبرت يا سيف، وصرتَ تُسدي لأبيك النصح، _هو يُبلي بلاءً حسنا في التأقلم على الأوضاع الجديدة بالمدينة، ويُبدي انخراطا أمثل مع أقرانه بالمدرسة، فيما عدا قبوله بالتدخين، وكأنما يطعنني بخنجر مسموم إذ يسألني قائلا:- «لما تريد قتلي يا أبي؟» أنا يا سيف أريد قتلك؟ أفلا تعلم يا كبدي بأنك قطعة من فؤادي؟ فيقول إن التدخين يدمر الرئة التي وهبها لنا الله لنتنفس بها هواءه، وإذ جعلته يدخن ويدفن رئتيه في القار الأسود اللعين فكأنما أقوده إلى حتفه بنفسي، ثم يجري أمامي اختبارا عمليا ليؤكد لي على صحة قوله، ألست أعلم منه بذلك يابا؟ وألم تكن أنت أيضا كذلك ولم تشغل رأسك بذلك؟ وكنك كنت تتعمد إغراق صدرك بالزفت والقطران ولم تبال يوما بمخاطر التدخين على صحتك، كنت تعلم أنك تقتل نفسك ولم تتوقف عن ذلك حتى آخر نفس لك بالحياة.

ويا سيف أوليس جدك قد رحل عن عالمنا وهو بكامل صحته رغم أنه كان مدخنا بشره؟ فلما أنت وحدك يا بني الذي تفكر في ذلك بعكس جميع أقرانك؟ فيقول:- «لأن في ذلك كران لنعمة الصحة التي هي وديعة الله في أجسامنا وهي أمانة في أعناقنا وليس هناك ما هو أعظم منها، ولأنني إن دخنت هذه السيجارة فسأفسد صنع الله الذي خلقنا إلا في أفضل تقويم وأنا لا أريد إنكار أنعمه بل أشكره عليها». وأنا لم أعد أتحمل كلامه يابا، وهو سابغ في عناده يريد التعفف عن التدخين بينما سكان المدينة لا يتعففون عن أي منكر يأتونه، وكل يوم أسمعهم يجاهرون بفواحشهم على مقهى بشندي ويتفاخرون بها، وإن كلامه هذا يزيد من هواجسي بشأن مستقبله، إذ يمنعني من التوقف لحظة عن الخوف عليه، وإن هذا القلق لهو الشيطان الأعظم الذي يأسرني في حبائله، ويحول دون شعوري بالسعادة، وليتني اكتسبت المرونة النفسية الكافية لدحر الواقع الأليم، ليتني تعلمت منك يابا كيفية التكيف مع ضغوطات الحياة وتناقضاتها. ليتُك علّمتني كيفية تطويع نفسي، ومرانها على الكّت عن الحزن كما يريد سيف أن يفعل معي، وصحيح أنكَ أبيتَ المواجهة، وأحجمتَ عن المناكفة، وتحدي فساد المدينة السوداء، وتملصت من كل واجباتك تجاهها حتى آثرت السلامة، واجتبيتَ القناعة، إلّا أنكَ قد نجوتَ من الهمِّ، والكآبة، وارتحتَ من الوساوس الفتّاكة بشأن الغد.

نَمْ بسلام يابا وارقد بغير قلق عليك، وإنما أنا فدرجة مرونتي النفسية أقل من الضغوطات العصبية اتي أواجهها في هذه المدينة، وإنها لتنغّص عليّ معيشتي،

وتجعلني أعطل عن التفكير الصائب، وأتصبب عرقا عند أبسط المواقف الحدّية. وماذا أفعل وقد ترهّلت كيمياء مخي وخبتت؟ وهل لي أن أقترض من أحدهم في المدينة قليلا من هرمون السعادة المتدفق برؤوسهم لبضع من الوقت؟ لأعوّض به ما نقص منه برأسي، أو أن أستبدلها برأس أخرى أكثر سعادة؟ وليت هنالك من جرّاح بارع يجتثّ لي رأسي، ويغرس مكانها أصّيصا من زهور مُبهجة. الله يرحمك يابا لم تكن تأبه لمعاناتي وكنتَ تُعرض عن شكواي، وتهرب من حزني بأغاني «الست». ومواقف غير منتهية كثيرة، كان رد فعلي فيها غير مُرضي، أمضي الليل تؤرقني، وتقضّ مضاجعي. وكم من مرة قيل لي فيها كلمة أزعلتني ولم أردها على قائلها، وأعود إلى البيت فتنظر لي شذرا في غير اكتراث، وأنا أتلوى من الندم. لماذا لم أرد على علي وياسر إساءاتهما المتكررة لي؟ ولماذا لا أستطيع الدفاع عن نفسي؟ أو أنسى الإساءة حتى ولا أتوقف عندها؟

وعقلك اللاواعي يابا لم يكن يستعرض عليك بوحشيته المستمرة، ومآسيه المحفورة، وعذاباته المتكررة. وإنما أنا فعقلي اللاواعي يُسرف في مطاعنتي كل ليلة، يعيد عليّ كل المشاهد السلبية المختزنة، والمتراكمة منذ الصبا. وكأن شبح المدينة الأسود الذي تحدث إلى سيف لا يظهر إلّا لي وحدي، يخنُقني، وكأنه لا يقمع أحدا سواي، يهددني بإيقاف حياتي، وقلبها رأسا على عقب، يصرفني عن الشعور بالسعادة، ويُكيل لي الضربات، والركلات، والطعنات، لماذا يمقتني كل هذا المقت؟ أو أنه يعاقبني على جرم ليس من صنيعتي. ويجعلني أكبت التعبير عن نفسي، وعن أوجاعي، وأحلامي، ومخاوفي، ويُحبط كل محاولاتي للعيش بالصورة التي ترضيني. يضحك في وجهي ساخرا، وأسنانه صفراء كالغروب، وهو يراني ضعيف الشخصية، غير قادر على رفض أي شئ لا أقبله، فيُرغمني على إتيان ما أكره، ويجنح للنيْل مني، يُمعن في التضييق على حريتي، ويتجبّر عليّ، ويقسرني على طمْر مشاعري وأفكاري. ويُضمر لي الكراهية، ويُخبّأ الضغينة، وبينما يُفشّل طموحاتي، ويقهر ضعفي، يسلبني طائر السعادة المرفرف في عنان السماء وأنا جالس «بالجنينة».

وإنه لشنيع بوجه طاووس مريد، ونفسٍ نرجسية مريضة لا تعرف تعاطف، وتضَنّ بالرحمة، والرأفة، وتبخل بالعدل. وإنه لشبحٌ أسود ممقوت، عاتيٌ مُتأله، يقهر الأنفس، ويهدر الكرامة، ويستحل الظلم، ويُشرّع الجبن بين سكّان المدينة. وفي الوقت الذي كنتَ تطلب مني الانصياع لمعايير الشركة، كان هو يُعذبني، ويُذهب عن عيني النوم، فتُجافيني راحة البال، ويُرقدني على فراشي وسُنان مُلتاعا غير هانئ، فلا أنا قادر على الخضوع، والامتثال للقوانين، ولا أنا قادر على خرقها والخروج عليها. وحتى في عز انسحابي من المجتمع لا أرتوي براحة البال، ولا

أستطيب العيش بالمدينة، ولا أحظى بدافع يعينني على فعل أي شئ. وأستيقظ مساءً بعد غروب الشمس، وأجد سيفا قد جهز لي الفطور، فأدخل إلى غرفتي أتابع التلفاز حتى قبل منتصف الليل، وأستعد لأسري بين شوارع الحي، وكما تبحث الطيور عن أعشاش لها أبحث لي عن مقعدٍ مريح بإحدى أركان «الجنينة» الذابلة أوراقها والمزبلة من حولي، حتى أعود وجه الصباح.

ولقد سُرق الشغف مني، وتُهبت صريمتي، وقلَّت عزيمتي، وما عاد أي شئ يمنحني قليلا من انبساط كنتَ تعرفه، وأبسط ما أتمناه أن أفرح من قلبي فرحة كبيرة. وحالتي المزاجية غير مستقرة في معظم الأوقات، دوما يُرهبني شعور القلق، فأجد صعوبة شديدة للدخول في النوم، وأقوم كأنني لم أنم. حتى اضطربت شهيتي للطعام، فحينا أغضب على الطعام فلا أقترب منه، وحينا أغضب له فآكله بنهم. طاقتي تقل وهمّتي تضعف، وبدأت أنسى كل ما يُقال لي، وسريعا ما «أفصل» وأملُّ، ولو كنتُ قويا كفاية ما دنا الشبح الأسود من حلقومي وما تماثل أمامي، إنه يُذكّرني بالموت كل صباح، ويدفعني إليه، ويا ليته يقترب، أو يدنو من عنقي، حتى أستريح مثلك يابا. ونوبات هلع شديدة تضربني بمجرد صَحْوي، فأجد نفسي ثقيلا، وأطرافي باردة، ومتصلبة، وأنهج بشدة، وأذرع الغرفة جيئة وذهابا، ولا أعرف ماذا أريد؟ أو ماذا أصنع؟ أو لماذا ينبغي علي أن أصحو بالأساس. وبالليل تعاودني نوبة هلع، وتُقعدني أمام تلفازك، لا أقلّب فيه، بل هي ذاتها قناة الإخوة المملة التي ينغلق عليها ويُفتح كل مساء، وحياتي حلقات متسلسلة من الفراغ، من الخَواء، ومذاقها علقم، وأنا غير قادر على الكلام أو التفاعل وغير راغب فيه، ولم أبغي أن أرى أحدا، أو مقابلة أصحابنا.

ولا أبغي الردّ على أحد، ولم تعد عندي طاقة لفعل أي شئ جديد، وخاصة حينما تضربني نوبة اكتئاب حادة وجسيمة تحبس أنفاسي وتخنقني، فتنخفض حالتي المزاجية، وما الجديد؟ فأنا منذ سنين على هذه الحال، لا أذق طعما لمتعة، ومزاجي دوما متعكر، وماحاجتي لتدخين القنب؟ وأنا «عامل دماغ» حزن اصطبغ وجهي مصطبغ بلونه، وأبقى في مكاني وكأني مقيد أو متلبس بشيطان، ولا أملك طاقةً جسدية للحركة وكأنني عطبت. وأنا لا أقدّر ذاتي، ولا أحترمها، فصورتي الذهنية عن نفسي سلبية للغاية، ويُلاحظ سيفٌ أنني أتوقف عن الاهتمام بلبسي، ومظهري، ولا أتزين، أو أعتني بنظافتي الشخصية، وأهمل تنظيف المنزل، وأجد صعوبة بالغة في ترتيب أفكاري، وإتخاذ القرارات الحاسمة. وإنني أواجه تحدّيات جمّة، وأشعر بطامة كبرى بينما أفقد الأمل في التغيير، وأشعر باللا جدوى في أي سيء، فلا أملك أهدافا واضحة؛ لأني لا أشعر أصلا بأهمية تلك الأهداف. ويضربني الشبح الأسود بهجمة مرتدة شرسة، حتى بات يُطبق على

صدري، ولا يهادن معي. وإنني أبغض الحياة أكثر من بغضي لأي شئ آخر وأرغب في الانتحار يابا، وكنتَ كلما أخبرتكَ برغبتي في ذلك تُعرض عني، وتوبخني، وتنعتني بالطفل الشكّاء البكّاء، وتستخف بي، وتتركني أهترئ. وكنتَ تشكك في جرأتي على فعل ذلك، عندكَ حق فأنا لست جديرا بمعنى الجرأة، وإنما اليوم تمتلكني الجرأة لذلك، وإني لفاعلها، سأنتحر، سأنهي حياتي يابا؛ حتى تُصدق، أو أذهبن إلى ناصح بقدمي، فآمره قائلا:

ـ اقتلني من فضلك.

وأنا محتاج مساعدة يابا، ومحتاج لأن أشعر بالرضا، لكن كيف؟ وإحساس السعادة يتكسر بين ضلوعي، ويتفتت إلى مئة جزء، وآلة التحطيم هذه جبّارة تطحن بدون رحمة، وكل ليلة أسأل الله أن يأخذني إليه، فكم يؤلمني شعور الوحدة والاغتراب النفسي. سامحني يا سيف، واعذرني، سأتركك وحيدا ولكنني لم أعد قادرا على المقاومة وصدري يختنق، وأشعر بأنني قد انتهيت، ولم تعد المدينة تتسع لبقائي، وكل شئ في وجهي بات سوداويا، وبغيضا. وسيف يترجاني يابا كي أبقى معه، ويبكي بكاءً مريرا، ويشدني من سروالي في صراخ؛ ويريد أن يمنعني من إلقاء نفسي من شرفتك، ويسألني قائلا :

ـ لما أنت حزين يا أبي وأنت سوف تدخل الجنة؟

أنا يا سيف؟ أنا أدخل الجنة ولم أصل بحياتي؟ فيجيبني قائلا:ـ «لكنك يا أبي لم تظلم أحدا ولم تتعد على أحد بقول أو فعل ولم أعهدك تكذب، وليس هناك من حق لأحد عليك وإن كان على صلاتك فلتبدأ من الليلة والله سيفتح معك صفحة جديدة». يا بني الحبيب إن عقلي أسير الاكتئاب، ولا أقدر على التفكير في شيء سوى الانتحار والخلاص، فهل أنت سعيد بحالي؟ وهل عرفتني أبا حقيقيا يستحق منك هذا التوقير والحب؟ ولماذا لا تدفعني من هذه الشرفة بيدك وتريح نفسك مني ومن حزني؟ افعلها يا سيف، وادفعني من هنا أو اقتلني بسكين من فضلك وأنا سأغفر لك، أو استأجر لي أحدا ليتخلص مني؟ أوإن كان بإمكانك أن تتآمر مع أحدهم ليقتلني دون أن أعرف فلتفعل ولا تتردد؟ أعرف أنك مصدوم من كلامي، ولكن لا تتعجب يا بني، فالحياة في هذه المدينة قد أفقدتني صوابي. اتركني يا سيف أقع على قدميك، أتوسل إليكَ حتى تتركني أقذف نفسي وأنهي حياتي، فأرتاح من هذا العذاب الذي يلتحفني. ولكنني لا أطيق الموت وأنا قلق عليك، وأفكر في تأجيل قراري حتى أطمأن عليك، لتعرف أن أباك لم يكن أنانيا بيوم بل كان يحبك وينشغل بمستقبلك كما لم يفعل جدك معي. وأملي فيك لم ينقطع بعد، ووصيتي إليك أنه طالما أنكَ لا تُعمل عقلك، ولا تتفلسف بـأمور الحياة في المدينة فأنت جدير بثقة الشركة، فيضمنوا لكَ عملا مناسبا، ورغدا في العيش. وكيف لي أن أوصيك يا

سيف بالصدق وأنا أدرك يقينا أنه قد صار من أصعب ما يكون على الإطلاق أن تجد إنسانا واحدا بهذه المدينة صدوقا ومخلصا في صدقه للأبد؟ ولمّا كان الصدق من أرفع الخلق وأجمله على أيامك يا جدي فهو اليوم يلقي بصاحبه في براثن التهلكة، فصار الجمال في الشكل والجسد، وأمّا الحديث عن جمال الروح فهي من نكات السكّان السخيفة. وطالما أنكَ توقّع على صكّ الإذعان للشركة يا بني، فأنت في مأمنٍ من سفالتهم، ومن لؤمهم وانحطاطهم. ولتكن نذلا معهم فيطيب لكَ العيش بينهم، وإن تكِ فظًّا يحترموك، وإن تكِ فاحشا بذيئا يهابوك، وكن غليظ القلب لا ترحم ولا تكن يوما ليّنا متعاطفا، ولا تتأدب مع من لم يعرفوا الأدب بل إن تخادعهم يصدقوك، ولا تكن بسيطا لديهم سليم الطّوية، ولا تتواضع إليهم بل تعالى عليهم، وكن متجبّرا متصلفا شنيعا، ولا تكن رقيق القلب حسن النية بل كن مستبدا بهم متطاولا تكن قويا.

ولا تكن بينهم رؤوفا سمُوحا مُشفقا، ولا تغفر لأحد أساء إليك أبدا، ولا تَصْفُ إليه حتى وإن أخذت منه حقك، ولا تكن كأبيك مهما حدث، فإني راحلٌ يا بني، وطالما عزّزت كلماتي بأذنك فأنت في غنى عني. أرجوكَ يا سيف لا تتشبث بقدمي، ولا تبكي، لا ترجُني، ولا تحزن عليّ، أناشدك أن تدعني ألقي بنفسي من هنا فأنا بقايا رجل ميت بالحياة، فلتدعني أرحل عن هذه المدينة، وأهجر سكّانها الشنعاء الذين لا فرق بين متعلم فيهم وجاهل. دعني أهجر كل شيئ يعذبني، دعني أموت وأرحل بصمت أرجوك. تسألني لما أريد الموت؟ أتعتقد بأنني لم أعد أحبك ولا أرغب في البقاء معك؟ وأنت لم تفعل لي شيئا حتى أرحل وأدعك وحدك بهذا البيت الكئيب، فما العمل يابا؟ هل أتركه وأنتحر كي أستريح؟ أم أبقى معه في وجعي لآخر لحظة بعمري؟ وهو يقول إن السعادة الحقيقية بعد الموت، إذن فلتدعني أموت يا أخي لأرى تلك السعادة فأنا أحن إليها. وأريد أن أقابل الشبح وجها لوجه، وأعطيه سكينا حادا، وأنظر إليه بكل ثقة ويقين، فأقول له مترجيا :

- اقتلني من فضلك.

وسيف يقول إن قلق السكّان على الحياة هو ما يلهيهم عن الاتعاظ بالموت، وعنده حق يابا، فلا أحد يبدو أنه يصدق أو يعبأ بالموت، وعبد الستار والسيد يحملان نعوش الموتى يوميا وتغوص في لحم أكتافهما بينما عقلهما غارق في الأجرة بعد الانتهاء؟ الموت لا يعني أحدا هنا، وإنما الحياة هي التي تعني الجميع. وسيف يقول إن الموت في حقيقته حياة، فهو يحدث بداخلنا في كل لحظة ونحن أحياء، مع كل نقطة عرق وقطرة دمع فيها خلايا ميتة نشيعها دون أحزان، وملايين الكريات الحمر في دمائنا تولد وتعيش وتموت من دون أن نتألم عليها، ومع كل شهيق وكل زفير يدخل الأكسجين إلى صدورنا فيحرق من أجسادنا مولدا لنا

الطاقة والحرارة التي تعطينا الحياة لكنها في الواقع احتراق وموت، فأين المفاجأة إذن وكل منا يحمل نعشه على كتفيه؟ وأفكارنا تولد وتزدهر في رؤوسنا ثم تذبل وتموت، وعواطفنا تتأجج وتتوهج في قلوبنا ثم تخفت وتموت، فما يكون الفرق إذن بين حياة وموت؟ والأوراق تنبت من فرع شجرة فتزهر وتثمر ثم تموت وينبت غيرها، وفي كل ثانية نحصد بداخلنا موتا بعد موت، وإذ هو حولنا يرانا من حيث لا نراه، فلما نخاف منه؟ وهو الذي يمنعنا عن النعيم الأبدي حيث لن نعرف الموت.

وفي هذه الحياة التي يتصارع عليها السكّان نذوق الموت عشرات المرات، وبينما نعيش في ظلّه لا نكاد نشعر بفارق، بل نحسّ بوجودنا من خلاله، وكل واحد فينا يحيا بهذه المدينة والموت يسكنه، وأنت يابا كنت ترى فالموت حياة، كنت تنتظره بفارغ الصبر، كنت تقول:ـ «كم هي جميلة ضمَّة القبر على من لم يظلم أحدا، وكم هي مرعبة على أولئك الذين عاشوا ولم يعتبروا بالموت»، وكل مساء أقف بشرفتك أنظر إلى قبرك، وأسألك عن شكل الموت، فلما لا تجيبني يابا؟

وسيف يقول إن الألم تاجٌ على رأس صاحبه إن يرصِّعه بالصبر، وإن لكل ألم حكمة ليس بالضرورة أن تُعرف بوقتها، ويريدني ألا أتشاءم حتى في عز المحنة، وإذا هو يتمسك بي أكثر يابا، ولا يريد أن يدع قدمي، ويستمر في استعطافي حتى لا أنفذ ما أفكر فيه، يريد أن يستنجد بأي أحد لينقذني، ويعتقد بأن أحدا بإمكانه أن يخلصني مما أكابد، لا تضيع وقتك يا بني، فلا أحد في المدينة يكترث بآلامي، ولا أحد فيهم يهتم، الكل منشغلون في ملذّاتهم، الكل متلهّيون في حيواتهم، ولقد أعطيتُ الحياة أكثر مما تستحق، ولم تعطني شيئا غير الحزن والألم، وأنا لم أعد أرى أمامي غير سواد في سواد، والشبح الأسود يخنقني في كل صباح ومساء، يقبض بكفه على أنفاسي، والدمع يتحجر في جفوني وصدري ما عاد يتسع لمزيد من العذاب. أتريدني أن أصلي معك يا سيف؟ لأجل أن يشرح الله صدري ويسكن روعي؟ وهل يتقبل مني؟ ومن أين آتي بطاقة تساعدني على الصلاة وأنا «مخنوق» لهذه الدرجة؟ بينما الشبح يجزّ لي على أسنانه، ويشدّ الخناق حول رقبتي أكثر فأكثر ليدفعني نحو الخلاص، وأنتَ تريد أن تدفعني نحو العذاب مجددا، وتعرف أن أباك لم يعد يقوى على العيش مع نفسه أكثر من ذلك. وإنه يترجاني لأصلي معه يابا، وأشعر بأنني أرغب في الصلاة ولا أجد مقدرة عليها، ولكنني أطاوعه، فيؤمّني، وأبكي في صلاتي، أبكي حتى تبتل ملابسي بالدمع.

[]

-9-

»السَمَاءُ تُمْطِرُ بَلالِين«

وهل تذكر تايسون يابا؟ هذا الشاب الفِطَحْل مفتول العضلات ذو الواحد والثلاثون عاما الذي كان يعمل راصدا في محطة قطاع عام للطقس الجوي، قبل أن يترك وظيفته ويمتهن الحراسة الشخصية للحاج سامي أبو رشا صاحبة نهى الدبَّة، وربنا أوسع عليه ففتح صالة جيم، وقد كان متفوقا في دراسته يوما ما، قبل أن يغادر برجنا الراكن على حافة المدينة، وهو اليوم يصبح واحدا من سكَّان ساحل البحر الشرقي. ولطالما كنتَ تراه هزيلا كورقة غضّة في مهب الريح، إنما تعال، وشاهد بنفسك كيف تطعمت الورقة بالحقن؟ حتى انتفجت أوداجها بالهواء، وهو لا يكفّ عن تعاطي المنشّطات، حتى باتت عروقه الفظة البارزة أشبه ببالونات أسطوانية على وشك الانفجار. ورأسه الكبيرة أوشكت أن تُغلق على عقلٍ ضحلٍ، ومحدود، وبسيط جدا، لدرجة مدهشة، وغير متوقعة، فلا يغرّنك هيئته الرثة السابقة التي كانت تنمّ عن شاب متعلم رزين لا مستقبل له في هذه المدينة، لقد ذهبت رصانته، فهو الآن فارغٌ من أي معانٍ، أو قيم، على شاكله رفيقه مصطفى البطل، الشاب الثري الضخم من سكَّان الحي الثاني، والذي يتمرَّن عنده بالصالة، وهو يشبهه في كل شيء تقريبا عدا عن عقله البسيط، ولطالما رأيتهما معا يمسكان بأيدي بعضهما البعض وهما يسيران في الطرقات كعربتين نقل كبير بلا مكابح، ويكادان في مشيتهما أن يطيحا أرضا بكل من يواجههما.

والشاب النحيل ذو الرأس الهائلة كمصَّاصات »زمان«، وذو النظارات السميكة، والأعمشُ الذي كانوا يتنمرون عليه أيام المدرسة؛ لشدة انكبابه على الدروس، ودماثة أخلاقه، وما يحويه بصدره من قلب طفل وليد، وعفَّة عذراء بكر، ينضمّ اليوم لأولاد الذوات، بعد أن صحّح بصره، وضخّم عضله، واغتنى من عمله الجديد، فهل تظن أن يُبقي على صداقتنا؟ ولما لا؟ فوائل الناغي صاحبنا ما يزال مبقيا عليها. وغاية تايسون أن يصنفر عكارة وجهي الحزين، على حد تعبيره، فيدعوني إلى حفلٍ كبير »أخر أبهة« على شاطئ البحر مباشرة، سيحييه مطرب شعبي هابط، كان في السابق من سكَّان المستودع، قبل أن يلعب زهره، ويتبدل حاله، ويركب أول موجة في سلَّم الأموال، ويغدو سلطانا من الأثرياء، ففي هذه المدينة السمجة لا شيء يضمن لك الوصول السريع سوى ركوب الموجة بمجاديف من جهل وغباء.

واربدَّت السماء، وسحب الغبار الساخن الكثيف يتراكم منذ الصباح طبقات فوق طبقات تحجب الهواء والضوء، وتعدم رؤية الأفق السحيق لوقت طويل،

فتكبس على الصدور كغطاء قِدْر كبير في مقاصف الأعراس، والعزومات في مثل هذه الفترة من العام، وبعد خمسة أشهر من فراقك في شهر البهجة الإجبارية الذي يُمنع فيه الحزن، وتُملأ فيه الشوارع بالأنوار، وآه لو علمت يا عبد المطلب أن ابنك ذاهبٌ لهزِّ خصره في حفلٍ صاخب يحضره جمهرة من المُترفين، والمُنعّمين، من أبناء علِيّة المدينة، الذين يأكلونها «والعة»، بينما يمصّون عرق البسطاء، والذين بينما يأكلون الشهد يلقون إليهم بالفتات، وبقايا الطعام الرديئ، شرذمةٌ من المنتفعين الذين يتشاركون المصالح الكبرى مع الإخوة، وهم يديرون لهم كل أعمالهم وسهرون على حمايتها. والله فيكَ الخير يا تايسون، ولكني أعتذر له، فيستميت في إقناعي، وكيف أوافق وأنا أعلم أنه لا مكان لي وسطهم؟ كيف أضيف إلى همومي هموما محتملة زائدة عن الحد؟ وإن كنتُ لا أطيق أن أسري في شوارع المدينة التي لا تعرفني إلا ليلا، وتعرف حكايتي، وكم أنا وحيد، وتعلم ما معي من كتب جديدة، فيما تناديني في قلب الليل إلى مقعدي المعتاد من «الجنينة» والذي يناسب القراءة تحت عمود نور يرسل أشعة صفراء شاحبة بلون الزُّبْد الفاقع. وإن كنتُ لا أطيق رؤية الوجوه العامرة بالبهجات، والغامزة بالخبث، والمكر، فكيف لي أن أذهب بقدمي إلى عقر دارهم؛ ليُريني تايسون كم يتهنون في حياتهم غناءً ورقصا؟ وكيف لي أن أدلف إلى منتجعاتهم الفارهة التي لا يمكن لوضيعي الحال من أمثال سكّان الحي الخامس أو لمتوسطي الحال من أمثال سكّان حيينا المنزوي- أن يدلفوا إليها؟

وتايسون يابا رأسه وألف سيف أن آتي معه لحضور الحفل في يوم للبهجة، ويُقسم أنها ستكون سهرة العمر، حيث أكثرية الحاضرين ممن لم أرَ مثيلا لهم بحياتي، وبكل صفاقة يخبرني أنني أصلا لا أحلم أن أصل إلى ذاك المكان المُوسَر يوما ما، ولا أطول أن أرى تلك الوجوه الناعمة من كوكب وسط المدينة وحييها الأول الواقع داخل نجمة الأحياء الراقية من الحيّين الثاني والثالث، إذ إنهم لا يظهرون البتة على أرجلهم في شوارع المدينة، ولا يُلاحظون من نوافذ سياراتهم المعتّمة، وهم يطوفونها ليل نهار أو عند وقوفهم بإشارة. وكباري المدينة الملتفة بخصرها في دائرة تبدو من شرفة نهى كحدود خريطة مكتظة بالتفاصيل، والسيارات المتكدسة أعلاها كنقاطٍ ملونة من مدن بعيدة لامعة مثل نجوم متناهية الصغر، وبحجم رؤوس دبابيسَ تتخذ مواقعها بثبات، وتسير في حركة دودية بطيئة، ولا تستقل عن الزحام إلا بطلوع الروح، وهم يمرون عليها مصبحين من سهراتهم، ويمسون عليها إلى أشغالهم، ولا يشعر بهم أحد. وإنهم يعيشون مدنا داخل مدينتنا، مدنا أخرى كلها مباهج وترف؛ وما دامت أحلامهم تثب إليهم دون كلل، أوعناء، فهم في رغدها يتنعمون وحدهم. وفرصة كبيرة حتى يرى سيف

كيف سيكون وضعه إن انتهج السبيل الصحيحة التي تؤهله لأن يصبح من أصحاب المنتجعات الفاخرة بالسحل الشرقي، وسيف يابا ذكيٌّ جدا، وليس أقل منهم ذكاءً، ويمكنه أن يصل بسرعة ويتخطاهم، ولكنه يحتاج إلى مخالب للتسلق فوق أعناقهم المديدة.

وأنا أشبّك له يدي، لكن يبقى من المهم أن يكتسب الخبرة اللازمة، وأن يطّلع عن كثب على هؤلاء القوم المنتفخون بالهواء، ويلاحظ كيف يعيشون؟ ويتعاملون؟ ويتعاونون على البغي؟ ويتناهون عن أي معروف؟ وكان لابد أن أوافق برغم الحبل الممدود الذي يربطني بالفراش، وكرسي «الكمبيوتر» الذي أضيع عليه وقتي فيمنعني من النزول؛ فرؤية الناس تحفزني على التقيأ، ومعدتي صارت حسّاسة جدا يابا من قبل حيلك، وغرضي أن تكتظ نفسه بتخمة الحقد عليهم، وأن يتشبّع بالغل منهم، وأن يحتسي من كأس الغيظ، والنَقمة، حتى يصبوويربو فوقهم، ويأمل بأن يصير مثلهم ذات يوم. وتايسون ينتظرنا بالسيارة في الأسفل، وكان لابد أن أحضر معي زجاجات ماء باردة تكفي لتعويض الماء الساخن المتفصد على قميصي الذي يغرق في البلل لأخره في ساعة عصاري لزجة وخانقة. وسيف يقف عند الباب يصيح بي ليستعجلني، وأنا أشعر بأن كل ما رتبت لإحضاره معي تبخر من رأسي في رجفة واحدة، ثم يصيح بي مجددا، وهو يبكي، وكأنما يتلهف على معرفة شكل البهجة التي يسمع عنها في التلفاز.

أطارت الدنيا يا سيف؟ ماذا سيحدث إن تأخرت ثانية أو ثلاث؟ الأمور في المدينة لا تتوقف على أحد، وهذه أول قناعة لا بد أن تحظى بها، والثانية ألا تتلهف على شيء بل دع الأشياء هي من تتلهف إليك. وكنت أتمنى أن يكون مدخل بيتنا ضيقا، لكنه يفتح في كل لاتجاهات، وشقتنا في الطابق التاسع والأخير، ورغم أن كل الشقق به متجاورة كأسنان «البيانو» إلا أن أحدا لم يسألني يوما عن حالي. وقرص الغول البرتقالي يُخيم فوق رأس المدينة بوجهه الشبحي المستدير، وسيف يسميه عيّاش الغول، وأنا أراه يجزّ، ويكشّر لي عن أنياب من خلف الجحيم، وتايسون يحمل عني الزجاجات وأنا أركب السيارة بينما أنظر للغول في نهاية النفق، وكأني أرى غدي وأنا لن أجبر غدي على شيء. وإنه كئيب يابا بماذا أجيب سيفا؟ والمدينة السوداء تمسي كجزر منعزلة من مدن من بشر تحدها الأسوار بكل جانب، أقفاص مفتوحة تسع الجميع، والشوارع ملتهبة وليس بها من ظلال، والعادم الكربوني الأسود كوشاح متقد في حمرة المغيب يحجب عن المدينة الوضوح، يتأجج بركانا في كل ما حولي، ما يجعلني سريعا أحن إلى «فريون» السيارة البارد. وتايسون لا يضيّع وقتا، اللفافات دوما حاضرة، وأنا أخاف أن أشرب يابا الدخان فأجترع أحلامي، وآسى على أيامي. ولكن أنت تعرف أن

الغربال الجديد له شدة باليمين وكسرة بالشمال، وهذه هي القوانين ولا يلمع بديلاً عنها، وخوفي على سيف يشعل عقلي، وهو ينظر لي وفي عينيه أسئلة، وتايسون منشغل بالغناء ومستمر في الغباء، وحارات عيد البهجة تملأ الحي، و«المصوارتية» بكل مكان، والمدينة صارت مسرحاً للعرائس، والناس فيها كأن رؤوسهم أينعت.

والحياة في هذه المدينة تشبه ألعاب «الفيديو» و«البلاي استيشن» في «سيابر» الحي العديدة، وأمَّا هؤلاء البشر الراقيين كما يفضلون وصف انفسهم لابد وأنهم من عالم آخر. وبهذه المدينة لا تحكم سوى قوانين المال، والجاه، والمصالح، والوساطات، ويغدو أبو الجهل غنيا بمحض الصدفة التامّة، وبقليل من الذكاء، وكثير من التملّق، والنفوذ، والسطوة. وجدي قال أنه لا يوجد مستقبل في مدينة يتمدد فيها الفقر كما يتمدد ثعبان في الرمل، ويستشري بها الثراء السريع كما تستشري ألسنة اللهب في غاباتها الشمالية بلا توقف، حتى تكاد تختفي دون أن يكترث بها أحد. وصدقت يا عبد البرّ لا يوجد مستقبل في مدينة تنضب أخلاقها، وتجفّ منابع الإصلاح فيها، ولا مستقبل في مدينة تذبل أوراقها في خريف الفساد، والإفساد، ويخفت بصيص الأمل الشاحب فيها، وتَعْوّج مبادئها، وتنحرف بأقصى سرعة عن طريق الاستقامة. وهي تدنو من الهاوية المحتمة، حين يصير فيها الغنى بالوراثة، وإن على جهالة، ويضحى فيها الأخرق المحتال ذا مكانة رفيعة، والعالم الشريف ذا فاقة، وعوز، يمدّ يد الذل للناس، حتى يذهب علمه، وعقله، وإن كانت القاعدة في السابق أن الحاجة هي أم الجريمة، فالأغنياء، والفقراء، على حدٍ سواء، لا يتورّعون اليوم عن الإجرام في حقوق بعضهم البعض.

فالفقير يسرق ليزداد فقرا، وينهب الغني ليزداد فُحشا، وثراءً، وإن الجميع في هذه المدينة في سبيل الحصول على المال، أو اكتناز الثروة، يسحقون ذواتهم الخسيسة، ويفرمونها، ويدهسون كل من يلقونه عقبة في الطريق. فيتواطأ العبد المسحوق، وينافق سيّده الساحق؛ لينتفع منه، ويضمن حمايته، فيما يستغل السيّد من هو أعلى منه، ويستثمر نفوذه، وينتهز تقرّبه من الشركة؛ ليغتنم وسيلة آمنة للاستعلاء، والوصول المأمول، فيما يتربع ابن عمّي ناصح فوق قمة الهرم؛ للسطو، والقبض في الخفاء على كل نفس، من أعلى نقطة في المدينة حيث برجه الشاهق، الذي يرتفع كسارية من وسط المدينة فيما يتعسّر الوصول إليه على المضطربين. غابة يابا كما تعرف وفيها القوي ينهش الضعيف، وتايسون اليوم أمسى من روّاد الأعمال المرموقين في أسابيع، والشركة تفتح له الأبواب، فافتتح مؤخرا شركة وهمية للأمن والحراسات بلا أدنى رأس مال حقيقي، ولا تورّع في إخفاء تلك المعلومات عني، وهو كما يخبرني يمتلكها فقط صوريا على الورق

المزوّر، في حين تعود ملكيتها الحقيقية في الباطن لسيّده الذي يحرسه، والذي بدوره يمتلك عدة شركات أخرى، يقتسم الإخوة أرباحها بالنهاية، وإن لم يكن ذلك علنيا.

وتايسون صار بأقل مجهود ذراعا يمنى، ويدا طولى، وساترا للحاج سامي أبو رشا ابن عمي الذي لا يأتمن أحدا غيره على تأمينه، وإن كنت لم أره بحياتي إلّا أن تايسون لا يكفّ حديثا عن عظمته، ولما لا يقول ذلك ورصيده يربو في بنوك الإخوة باطّراد، كما يحب أن يتباهى، رغم أن كل وظيفته في الحياة أن يأكل كثيرا، ويتمرّن بالنهار في الصالة، وبالليل يخفّر الأسياد. وعم سلامة سائق أبو رشا الخاص رجلٌ غلبان، ومُعدم الحال، يبدو صبورا جدا كسيارتك القديمة يا عبد المطلب، رغم أن تايسون يُبخسه شقاه، ويُحقّر شأنه، ويُهينه مُقلّدا سيّده، حتى سقطت رأسه في بئر الذل، والإملاق، وهو وإن يبدو وضيعا فهو مُجبر ولا شك على السمع والطاعة، و«البيه» الذي نَسِيَ أصله يأمره وينهاه ولا يُراعي شيْبة رأسه. ورغم أنه أمسى لديه بدل السيّارة مئة، إلّا أن صوته المسموع لدى كفيله نافذ الكلمة يكفي لأن يترك له مفاتيح سيّاراته، ليختار منها في الجراج ما يشاء، وبإمكانه الضغط عليه كيفما يشاء؛ ليطرده شر طردٍ، ويُعيّن غيره ألف سائق. فأين تذهب البصقات من على قفا «الغلبان» إذ ينظر لي في المرآه بشيء من الذل، يلتمس في نظراتي شفقة، وكأنما يريد القول جهرا بأن للظالم يوما، فهل حقا هذا؟ ومتى يكون ذلك اليوم يابا؟ وتايسون لن يكف عن الصراخ بالغناء في غير وقته، وسيف بدأ يتأفف، والطريق أعلى الكوبري متوقف، والنوافذ مغلقة حتى لا يتسرب الهواء البارد من السيارة، بينما الضيق يملأ صدري، وصراخ تايسون سكاكين تنحر بجسدي، ثم يخفض صوته، لأسمع صوت السماء تنبعق بالمطر انبعاقا، فيما يزجر «الفريون» في مكيف السيارة.

ـ كنت تترجماني يا سيف حتى نخرج؟

وربما هذه المدينة لم يبقَ منها سوى صورة، ودمعة، وكذا ذكرى، وكل شيء يتبدّل، والحياة بها تغمرها الدموع. أعطني عقلك يا سيف الله يرضى عليك وركز معي، حقك تأخذه بذراعك، وإن لم تستطع فبدهائك، ومكرك، وأنت ما تزال تعصيني، وأنا لا آخذك معي في مكان إلا وتفسده بتمردك، فتذيقني الأمرَّين، وتايسون عقله أصغر منك، ولا نأمن ردّاته. وبات سفيها للغاية، وأحمق، هجر كل ما تعلّمه، حتى أنه لم يعد يذكر الأبجدية، ولكن هذا لم يمنعه من اختياره لتقلّد أعلى المناصب في إحدى شركات الأمن التابعة لناصح. وهو اليوم أبله، وأرعن، لا ينتهي من إشعال سيجارة قُنّب حتى يذيبها في أخرى، ولا يفيق أبدا، يكفر بكل ماضيه وتاريخه، ويُمسي حاضره لا يؤمن بأي فلسفة في الحياة، طائشٌ، وأهوج،

بعقل طفلٍ مدلل، يخلع عنه القلب البرئ السابق، والصادق، مع ذلك فهو لا يزال يحب صحبتنا، بل يصرّ على مناداتي بالأستاذ.

وتصوّر يابا أن تايسون رغم تبدّل حاله يبقى متورعا عن مناداتي بالمضطرب؟ ويحفظ لوجهي قدرا من التقدير؟ ربما لأنه يُرثي على حالي أحيانا، أو ربما لأنني أذكّره بشئ من براءته السابقة. عجبتُ لكَ يا زمن، اليوم فقط أفهم سرّ حرصه على الإبقاء على صحبتنا التي لن تزيده إلا فقرا، والتي لم تعد ترقى لمعارفه، وأقرانه، ومع ذلك فهو ضحية للتنمّر؛ ليس فقط بسبب ماضيه المُعْوَز، والمُخِلّ، بل كذا لأنه استطاع تبديل كل شيء، عدا صوته الغضّ، البضّ، الذي يشبه صوت فتاة في العاشرة من عمرها. ورغم ما صار عليه من ضخامة، وفحولة، ما يزالون ينادونه بالطفل الكبير، وكأنه لم يبلغ بعد، والحقيقة التي يعلمها أصحابنا أنه مضطرب، وغير سوي، وغير قادر على التكيّف إجتماعيا مع هؤلاء، رغم أنه يجاهد لإخفاء ذلك. ولكن أنّاله هذا؟ وهل اضطرابات الصبا تُخفيها الثروة المفاجئة، أو تمحوها السنون الزاهيات؟ ولعل ذكرياته الأليمة هي ما تجعله يتقرّب إلينا، ويتودد لي أنا بالتحديد، ومع كل المنشطات التي يتعاطاها، والتي تجعله عنيفا كثور مهتاج، بينما معي يكون كحملٍ وديع. وربما لأنني الوحيد في هذه المدينة الذي يمنحه شطرا من الوقار الذي حُرم منه، والاحترام الذي لم يألفه، ولا أنكر أنني ما أفعل ذلك سوى لخشيتي من طيشه، وتهوّره، وتقلباته المزاجية الحادة، وهو يرى كيف يعامل أولاد البشوات الطبقات الهشّة من المجتمع، وكيف يزجرونهم بغلظة؟ ويحتقرونهم في مجالسهم؟ ويتهكمون عليهم عشيةً، وإبكارا؟

وإذ يسعى على تقليدهم تراه يوبخ عم سلامة توبيخا مهينا، ويعنّفه تعنيفا مُذِلا، ويخبره أنه لا يربو عن كونه ثمة آلة بشرية تحت أقدامه، ولا يمكنه أن يملك سوى التودّد إلى سيّده. وبدا أنها الحقيقة التي كانت غائبة عن بالي منذ زمن، فكم في هذه المدينة الحقيرة من سادة أنذال، وكم فيها من عبيد مسحوقين، في أعناقهم أغلال من فولاذ، ومقيدين بسلاسل ككلاب ضارية. يا عيني عليكَ يا عم سلامة يا «غلبان» يا مقهور يا مغلوب على أمرك، أخشى أن أبدي تعاطفا معك، فيُعنّفني تايسون أو يرميني، وابني، من السيّارة، غبي ويفعلها، أو يحرمنا من الأغنية العاطفية السمجة التي يفرضها علينا كما يفرض صوته على آذاننا زاعقا في غنائها، مدعيا التأثر بها، وكأنه يعيش حالة فريدة من الوجد أسهره الليالي. وأنا ما الذي جعلني أوافق على الإتيان معه إلى وكر السعداء؟ وإنني أفضّل الزحف على بطني على أن أرى تلك الوجوه البغيضة المكتنزة بالعجرفة، والكِبر، وتلك الأنوف الدقيقة المصغّرة، ولولا أنني أردت أن أريكَ يا سيف كيف سيكون مستقبلك، لما جئت بكَ إلى هنا. انظر يا وبني وعَبّئ صدرك بالضغينة، وإنه منبهرٌ

يابا، إيْ والله يا سيف، عندكَ حق، إنهم جميعا متشابهون، لا تكاد تميّز واحدا من الآخر، جميعهم منتفخون، ومتعظّمون في ذواتهم، ومتغطرسون، محشوّون كِبرا، وممتلئون فضاءً. وأمثال ذوي العلم بالنسبة إليهم لا يصحّ أن يقتربوا منهم، فيفُشّونهم، ويفرقعونهم، ويبرحونهم جلدا على عظم، يكفيهم السلام من بعيد لبعيد، وحتى السلام لا يهم، تكفي إيماءة بجانب العين، أو ابتسامة من تحت الضرس، ودمتم. وإنهم مزيفون يقضون جلَ نهارهم في النوم، وأغلب ليلهم في الترَف، ويتعيّشون على ثروات آبائهم، ومدخراتهم، وشهاداتهم البنكية، وأرباح أعمالهم، وأسهمهم المرتفعة، وشركاتهم المندمجة مع شركة الإخوة، وسيف بينما يشاهدهم لأول مرةٍ لا يكاد يُصدّق ما يرى.

وإن لواحد منهم ليُلقي بالمال من سقف سيارته فيحتال الطريق أنهرا، والمال في يدي قشّا، وسترا، تَرمقني الناس بنظرة كلها امتهان وقهر، ويا حزني ويا مراري على كل ذاك التعب الذي قاسيته في التدريس، وكل ذاك الجهد المضني في التعليم قد ذهب سدى، لينتهي بي الحال أستاذا متقاعدا من القطاع العام ولم يبلغ الأربعين من عمره بعد، يقتات على الملاليم الصدئة من المعاش، ولا يجد ما يحوّشه ويدخره للغد المبهم. وحالي تقريبا من حال أغلب سكّان حيينا، ولا يكفي هذا بل إنهم يُضيّقون على من تبقى حتى يزهق ويترك الجمل بما حمل، ليعتاشوا على ما يسد رمق احتياجاتهم من فوائد ودائعهم ببنوك الإخوة، هذا إن لم يبحثوا لأنفسهم عن عمل بديل بالشركة، والذي يعرف الجميع أنه يضمن راتبا أكرم، وعائدا أرفه، ليكونوا أشباه بشر، أو أنصاف آلات، كما التروس الدائرة خدمةً لطبقة رقيقة جدا من الأثرياء، من أبناء عمومتي الذين لم يرتقوا لأن يكونوا حفنة من مسلّكي البالوعات. وأولئك هم الراسبون الحمقى، منعدمو المعرفة، عظيمو الجهل، ولّكن هل أغنتْ عني درجتي العلمية يا سيف؟ هل رفعت مرتبتي؟ وماذا جنيت من رفضي التدخين سوى الفاقة، والحزن؟ ولد يا سيف لا أريد أن أراك وضيعا في الأعين مثلي، لا أريدك أن تركز في دراستك، لا أريدك أن تكون نابغة تلتهم الكتب التهاما كما فعل أبوك في سنوات الضياع الأولى من عمره، بل أريد أن أراك سعيدا، تدخّن كما يدخنون، وتعلو فوق الجباه، وتطأ بقدمك منازل الأغنياء، وتربو فوق رقابهم، وما جئتُ بكَ إلى هنا سوى لترى مستقبلك، شريطة أن تلتزم بقوانين الشركة وتقرّ بأن العلم والشرف والأمانة هي سبل الخائبين، وأن الجهل ودناءة النفس والخيانة هي أولى سلالم النجاح والسعادة.

ولا أقوى على النزول من السيّارة، وأريد العودة يابا إلى المنزل بأسرع وسيلة، وانبي تفعلها يا عم سلامة وتعيدني من حيث جئت بي، إلى حيث مستقري، ومستودعي، ووحدتي التي أميل إليها، وأرتاح فيها. وسيف يبكي يابا، ويريد

العودة، ويرفض دخول الحفل، بعد ماذا؟ وبما يفيد البكاء؟ ألم تكن مشورتك؟ ألم أعرض عليك الأمر وأخذتَ تتنطّط من الفرح بعدما كنت تشكو أنينك من قلة الخروج؟ وإن كان ولابد فأنا أريدك يا سيف أن تمسك في يدي جيدا، نحن لا نضمن الأجواء بالداخل، والأصوات التي تندفع عند كل مرة يُفتح فيها الباب ويُغلق، تنبعث منها رائحة البهجة، وهذا ما كنت أخشاه. وشرُّ البَلِيّة ما يُضحك، وتايسون تهون عليه وقفتي هكذا أسيل عرقا أمام الشباك ولا يريد أن يكمل لي سعر التذكرة، وأنا أنظر إليه باستعطاف، فيزوم، فيرتد بصري خائبا إلى الشباك، ويخبرني المحصِّل أنه ما دام لم يعد معي قرشا فلابد أن أخلع عاريا، وتايسون معجب بالفكرة، ثم يهمس بأذني قائلا:

ـ كنت ستخلع بالداخل في جميع الأحوال.

وقارئ الكتب في هذه المدينة أكثر من يظهر عليه الاضطراب، وقد أمسى الأمن بيد أفراد تابعين للشركة وحدها، حتى إذا اندلعت مشاجرة كبيرة عند البوابة الرئيسية اختلط فيها الحابل بالنابل، وانهال الطوب على رؤوسنا فأدماها، بينما تايسون يدفع بنا إلى الداخل. وإنهم يشبهون عرائس الحلوى المزينة، والمزيفة، أعناقهم ممتدة إلى السماء، يمشون في الأرض مرحا في خُيلاء، كأنما يخرقونها، أو يبلغون الجبال طولا، يتفاخرون بثيابهم المرصعة بصنوف الزينة، يتباهون بحُلِيّهم، وسياراتهم، وأرصدتهم التي يحرص البسطاء من سكّان الحي الخامس على تنميتها، وإكثارها. ولكل واحدٍ منهم آلة بشرية من ذكر أو أنثى تحبو خلفهم، تلهث وراءهم، ولا يُرى وجهها، ترفع قدم أحدهم وتضعها له على الأخرى، وآخر يرفع إليه كوب ماء، أو يشعل له سيجارا، أو يذهب به لقضاء حاجته، أو يخلع عنه ثيابه، وينظف له حذائه مقابل نزر من المال. وما بال هؤلاء السكّان المرفَّهون ليسوا كالبشر أو ربما أنهم هم البشر، ونحن لسنا منهم، أو نحن من جنسٍ آخر غير جنسهم المميز، ولربما أنهم من بني الإنسان ونحن من بني العرائس؟

وهؤلاء الطوائف من السكّان نرجسيون بشدة يابا، يعتقدون في أنفسهم أنهم شخصيات مهمة جدا، وبقية سكّان المدينة في خدمة رغباتهم، يتعاملون معهم على أنهم ليسوا بسكّان عاديين، بل هم أعلى، وأهم، ويستحقون الافضل من الآخرين. ويأخذون كل شيء كبير بثمن قليل، حتى الثروات التي يغرقون فيها جلبوها بطرق غير شرعية، وتشوبها ألف شائبة. إنهم يكذبون كما يتنفسون، خفافيش لا تخرج من عشائشها سوى في المساء، وأشدّ ما يُز عجها أن يقترب منها مضطرب أعلم منهم، فقد يُصابون بالهلع. منحرفون إلى أقصى حد، وبشعون، يدّعون أن ما آتوه على علمٍ عندهم؛ فهم الأذكى، والأدهى، والأكثر احترافا، واستحقاقا، وهل هم واعون بحقيقة اضطرابهم؟ لا أظن، وهل هم مدركون لحقيقة حماقاتهم؟ لا أظن يا سيف،

وإن قلوبهم الميتة من زبر حديد صلب قاس، وعقولهم شبة خاوية، وأجسادهم منتفخة بالهواء، ولا يعرفون أدنى تعاطف، ولا يرون أن في هذه المدينة من هم أفضل منهم. ويعيشون على إمدادات الكبر التي يُزينها لهم سكّان الحي الخامس، وكم من ضحية لهم في هذه المدينة، وأراهم يَجرحون، ويَذلون، ويَقهرون؛ حتى يسعدوا أنفسهم، ويبتهجوا، يمصّون دم الفقراء مصّا، ويلقون إليهم بما تبقى من حثالاتهم. ولا يعرفون التزاما بشئ، الالتزام بالنسبة لهم كالموت، ولا يصيبهم الملل؛ فهم دوما يجرّبون كل ما هو شاذ، كل موبقات كانت محرمة في المدينة يا جدي، ويتظاهرون بأنهم من طبقة أعلى وهم لا يفقهون عدا الترف والتمرّغ بالنعيم.

وعلى رأي الدبّة أن تواجههم بأخطائهم، وعيوبهم، فهي الطامة الكبرى، ويكون العقاب بئيسا؛ لإنهم عراة تماما، من الداخل كما من الخارج، ودوما يتكلّفون، وينتحلون صفات ليست بهم، طوال الوقت يظنون أنهم متدثرون بكامل ثيابهم، ويخرجون على الفقراء برداء الملائكة، يخفون عوراتهم، وسوءاتهم خلف قناع من الصلب، وواقٍ من الفقر. ولا يعرفون معنى للحب، أو الإخلاص، أو الانتماء إلى مدينتهم، فمفهوم الحميمية بالنسبة لهم هي في العلاقات المحرّمة على عهدك يا عبد البرّ، ورِقَّةُ القلب بالنسبة لهم ضعف وخسة، التعلق عندهم مرفوض، وفكرة المودة أوالرحمة غائبة، والخوف من المواجهة جزء لا يتجزأ من تركيبتهم الهشّة، والخوف من التقدم في العمر، والخوف من الموت، يشغلان بالهم أغلب الوقت. فهم يخافون على حياتهم أكثر، وتايسون يخاف ألّا تكفيه أمواله، أو أن يُصاب بمرض عضال، والشبح الأسود يريد إرعاب سيف حتى يكف عن التمرد، ولكنه كل صباح يستيقظ صارخا في وجهه بتحدٍ أعظم مما سبق. وإنهم لديهم حساسية مفرطة تجاه أي نقد، وتايسون عندما يلتئم شمله بأترابه الجُدد يُمسي نرجسيا مثلهم، وبمجرد سماعه من سيف أنه ممتلئ بالهواء، يثور، ويغضب، ويعج رغبةً في العقاب.

وهكذا ناصح ابن عمي، كنتَ تخبرني يابا أنه شخصية هشّة، ووضيعة، يعلم في قرارة نفسه أنه إنسان أقل من الآخرين، ولا يستحق ما وصل إليه، ورغم انتفاخه يُخفي نقصه بالتظاهر أنه أفضل من الجميع، ثم تجده عدوانيا سلبيا، يجعلك تتألم، وتتأذى، بأقل الأفعال، وعقابه الصامت أشد من أي عقاب. ولذا كثيرا ما كان يستهزئ بك وينعتك بالمضطرب، والله ما صرت أفهم من المضطرب حقا في هذه المدينة السوداء؟ وإنه يركن إلى إخفاء حقائق العلم، ولؤي عنقها، وإلقاء اللوم على المتعلمين الذين يبثون الخرافات، والشائعات حول شركته الفاسدة، لِيُخفي وضاعته، ودناءته، وفتكه بالنفوس، وإهداره للمال العام. وإنه يعيش «الدور»

بزيفه، تراه حينا يضطر للتقليل من ذاته؛ ليبدو متواضعا، ويقوم بأعمال لا تليق بوضعه، ولا بسنه، ومركزه بين السكّان؛ حتى يسمع كلام إطراء، وحتى ينفخون فيه أكثر، ويعظموه، فيزداد انتفاخه، لتبيت المدينة أشبه «ببالون» على وشك أن يطق.

ويظنون بأنه ناصح أمين، يُحسن إلى الفقراء لوجه الله، هَأوْ، وهل ناصح يعرف الله؟ أمزوجة سخيفة، ويهدف من ورائها مزيدا من الاستغلال النفسي، والنفوذ، دماغه شغّالة بحق، وليس أي كلام. ويفضل الاختفاء، والانعزال، والسرية، ليُحيك في الخفاء كل الشرور، شعوره بأنه أكثر استحقاقا يجعله يتعامل مع السكّان بالطريقة التي تعجبه، وترضيه، والجميع يجب أن يخضعوا له، ويذعنوا لرغباته الدنيئة، والمشوهة. ويُخفي شعوره بالخوف من أن ينفضح ستره، حتى يتحين الفرصة المناسبة للانقضاض، والانتقام من أعدائه بالطريقة المثلى. ولقد نشر في المدينة طاقة سوداوية عظيمة، وهبط شبحه الأسود ككسفة ليلٍ هابطة من السماء. وإنه يُخفي حقده على ذوي الكتب، ولا ينسى أن بلادته كانت سببا في انقطاعه عن التعليم، حتى سنت القوانين التي تهيل على العلم التراب، بحجة أن الشائعات أخطر من الشبح الأسود بلا أي منطق، وسلاحه صديد يسوّقه عسلا إلى السكّان. وناصح يلازمه شعور بعدم الكفاية، فهو مهما امتلك من الأشياء، لا يشعر بالرضا، والاكتفاء، يضحّي بالكل، ويتعشى بهم قبل أن يتعشوا به، وتايسون قابله أكثر من مرة، والعجيب أنه من يقول عنه هذا يابا.

البهجة؟ إن هذا ما كان ينقصنا يا سيف، وأين تكون هذه البهجة إن لم يكن لها جذر في الصدور؟ وأين أحصل عليها في هذا الحفل الذي لا أكاد أرى فيه أصابعي؟ مولد وصاحبه هابط، ويقولون أنه يستعد للصعود إلى المسرح، وتايسون يستحلفنا أن نوسع خطانا حتى نلحق بالصفوف الأولى، وإذا لم نلحق مثلا هل سيفوتنا الكثير؟ مدّ يا سيف، هي ليلة وستفوت، وسنعود لدارنا الذي نعرف في كآبته معنى الراحة الحقيقية، وتايسون لن يُحضرها لبرّ، ويصرّ على أن معه تذكرة خاصة في المقدمة، هذه ذقني إن عرفت تصل، ثم إن هذا الحفل المفتوح على الشاطئ ليس به أي مقدمة، أو مؤخرة، الفوضى عامة ومحكومة ككعكة كبيرة، تجمعهم، وتقسمهم إلى فُصلان، وتُحكم سيطرتها على كل شيء، كما أحكمت على العقول. والسكّان رؤوس متذبذبة تتهادى في الطلّ الممدود، والأنوار الرصاصية صارخة في وجهي يابا، والمدينة بدّلت وجهها الأزهر بالرمادي الكليح، والشبح المبهم لا يخلف موعدا، لكن يبقى أنا وسيف فقط في المدينة من يؤمنان بهويخطره العظيم، وأنت كنت تعتقد في خطورته كذلك يابا ولم تك تبالي. والساعة الثامنة مساءً والقمر ما يزال غائبا، والضباب العاتم والبارد يعمي القلوب، وأنا أبعث لك

برسالتي قبل أن يفصل الشحن لعلك تجيب. والابتهاجات الهادرة تمحو في ظلها العتمة، السماء على وشك مع موعد عظيم، والرؤوس الحاشدة بهذه الليلة تتماوج في يوم كالحشر، ويا عم سلامة أقبل يدك وأحبو عند قدميك، قل لي ماذا يحدث؟ هل القيامة ستقوم فعلا؟ وحتى أنت يا رجل شايب يا عايب يا من ظننت به الوقار «تنفض» لي بينما يدك تلعب في جيبك على مناظر خصور الفاتنات؟ وتايسون يخلع قميصه في عنفوان، ثم يُلقي به إلى الأعلى، وينظر لي وعينه تطقّ شرارا، ثم يخلع حذاءه، ويُلقي به إلى الأعلى، ثم ساعته، ثم نظارته، ثم جواربه، ثم بنطاله، ومن تسقط عليه أشياؤه فهو المحظوظ إذن.

ولكن صدقت والله يا تايسون، يبدو أنهم سيقلدونك فقد درجوا على التقليد، وإذا بهم يخلعون قمصانهم رافعينها؛ استعدادا لقذفها إلى الأعلى مرة واحدة، ثم يوشكون أن يخلعوا كل ما تبقى لهم، وها هي السماء تستعد لاستقبال مقذوفاتهم، حتى جاءت لحظة إعلان النتيجة، وتخيل ماذا يقع في نصيبي يابا؟ «حظاظة» سوداء، وسيف يقع في نصيبه قلم أسود، وكأن السماء دقيقة في اختيار اتها عندما أوقعت في نصيب تايسون بنطال أسودَ رجالي، وفيما يبدو هكذا أنه يفكر في الخلوع مننا ليختار من يقضي سهرته معه، وآه ثم آه لو علم مصطفى البطل بذلك. ويا عم سلامة أخبرني ماذا يحدث؟ السماء تمطر فوقنا «بلالين» سوداء لا حصر لها، والهواء يكاد ينعدم، وصدري مقبوض، وروحي كأنها جبال ثقيلات، ويداي ملتصقتان إلى جانبي وكأنما أنتظر حكما بالإعدام، والشبح الأسود يعاود تهديده لسيف، ثم يظهر لي، ويختفي، وأرفع رأسي بينما أطارده في الأفق. وسيف يكف عن الشكوى قليلا، والامتعاض، ويبدأ بالتعايش مع الحفل، ارقص يا سيف ارقص معي على آلامنا وغنِّ لها، وتحد الشبح الأسود، وأعطِه رأسك، ولا تبخل بها عليه، وليكن ظلك جاحدٌ، وصيتك بالجحود يجوب سماء المدينة السوداء. وهذا الهدوء الذي يسبق العاصفة يابا قبل أن يصعد المغني الهابط حسُّون القرد على المسرح؛ لِيُشعله بجمرات حركات خصره المثيرة فيدغدغ الرغبات، وقلبي يعزف مقطوعة ملحمية، والعرق يغرقني في بحوره، وسيف مرة واحدة أجده لا ينفك يصرخ ويصيح بأن علينا أن نخرج فورا من هذا المكان، لتصبر يا أخي ربع ساعة ونغادر، دعنا نتلهى في هذا الحفل الوضيع. امتطي رقبتي، لتشاهد حسّون حين يظهر، ولتحك لي ماذا ترى؟ وأرجوك كف عن البكاء، دعنا لمرة واحدة نذوب البهجة، ونغمس أنفسنا فيها حتى نمتزج بها.

وإذ كنت جالسا بيوم جاءتني فكرة التحذير من الشبح الأسود، فقلت أكتبها في قصة قصيرة باسم مستعار، فوجدتها انتشرت، ثم انضربت، وضربت أنا بالنهاية، ولم أكسب منها شيئا، والسكّان اعتبروها قصة خيالية، ولم يصدقوا أنه حقيقي،

ونعتوني بالمضطرب. وأنا كنت جالسا في حالي، لا معي شيء، ولا علي شيء، فما الذي يأتي بي إلى هنا؟ وأنا جئت إلى هنا لأفعل ماذا يابا؟ لا أعرف على وجه التحديد، والأجساد اللاحمة كفخار لين منصهر يا عم سلامة، والأنفاس ترتفع، ثم تتكثف، وتتشكل، ثم تغوص في الأعلى حتى ينشأ الشبح منها من جديد، وأرى طيفه يولد من العدم، وأشير لك عليه، وأطلب منك أن تخرجنا من هنا، فتطيح بيدي، وتعود لتصفيقك الحاد وتحرشك بالنساء كالمتصابي، وسيف يشير لي عليه من بعيد، ويصرخ فيه، ويحدثني بما يسمعه منه وحده، وأنا وحدي من يصدق سيفا يابا، وأنت ما تزال في عنادك يا سيف تمنِّي النفس بأن أحدا يسمع لنصيحتك، لتنزل من فوق كتفي حتى لا ترفع رأسك عاليا.

وكم أنت كريم يارب، ألم أقل لك يا سيف، المغنى الهابط سوف يهلّ بطلته السوداء شبه العارية، والناس يهتفون باسمه كشبيه بإله، وأنا لم أعد أحتمل قدمي التي ترتجف مع أجراس الثواني الأخيرة استعدادا لدخوله إلى المسرح، أقبِّل يدك يا عم سلامة، عد بنا إلى الآن المنزل، فقلبي ليس مرتاحا، وتسألني أين عم سلامة يا سيف؟ لقد ذهب مع الريح يبحث له عن نزوة. وكانت فكرة من طين أن نزلت على رأيك يا تايسون النذل، أنا الذي فعلت هذا بنفسي، فهل أنت فرح الآن يا سيف؟ ألن تكفّ عن الصراخ؟ ألم أعهد إليك أن تكفّ عن التحدث مع الشبح أمام السكّان؟ لكنه يقترب فعلا يابا كما يقول سيف، وعيناه تبرزان من فم حجيم من بخار أسود تحدقان في الملأ الأعلى، وتعلنان عن القدوم بينما المحتفلون لم ولن يبالون به. اسرع يا سيف، نطِّ على كتفي «قوام»، وتخيل أنك نحلة تخترق بكل قوة أوساط الجراد، ودخّان القنب الساخن يغشى السماء، وحسّون القرد يظهر لهم بصديري من لؤلؤ فوق «شورت» أسود قصير، وأرى النيران تشبّ من مستصغر شرر وتندلع بالسماء، والعجيب كأن أحدا لا يرى ما أرى، فالجميع في رقصهم مستمرون، والبالونات السوداء العالقة تفوح منها رائحة غاز «الميثان»، وسيف يسألني قائلا:ـ «هل سننجو يا أبي؟» وماذا أقول له يابا؟ هيَّا بسرعة اركض معي يا سيف، وإنه يقول بأن الشبح الأسود سيضرم عود كبريت في «البلالين» السوداء المملوءة «بالميثان»، والتي تنهال علينا من من كل مكان بالسماء، ونهى ليلة عيد ميلادها كانت تنفخ البالونات وتمطرها علينا، فهل جاءت عليَّ أنا يابا ليلة عيد ميلاد سيف و«البلالين» تحتال نيران، والشبح سيكون بكل مكان يا عبد المطلب ولهيبه مستعر كحية سوداء هائلة تبتلع في طريقها كل شيء.

[]

-10-

«التَّارِيخُ يَغْفِرُ أحْيَانا»

وكان يوما أسودَ «كالهباب» يوم أن سمعت كلامك يا تايسون النذل، ومن ساعتها ولم أرَ خِلقته، ولم أسمع له صوتا، وبشندي يبدأ يومه باكرا بمسح السيّارات، ولدى عودتي وجه الصباح أراه راقدا في كوجه البوابة على «الدكة» كما غراب البين. وانطفاء أخر الثلاثين ينذرني باقتراب الأجل، وأنا أشعر حالي أكبر من عمري بمئات السنين، ووائل الناغي يأتي لزيارتي في الصباح بمجرد دخولي إلى البيت دون سابق إخطار، تُرى ما الذي جاء به في هذه الساعة الباكرة؟ يقول أنه مبعوث من الشركة ومعه عرض خطير، ولكن أي عرض هذا؟ فأنا لم أشترك في أي عروض لمنتجات من تلك التي يسوّق لها وائل، لكن صلعته الوضّاءة لا تبشّر بخير، وأشعر بأني سأقع ضحية للاستغلال. والسكّان طوال الوقت جاهزون للتصوير في مشهد سينمائي طويل لا يريدون له أن ينتهي، ووائل جاء ليمثّل علي دور الصديق الوفي، والشهم المنشغل بأوجاع أصدقائه المقربين، على حد زعمه، وهو لا يذكر أنه لم يكلف خاطره كي يعزّيني فيك يابا، أو يرفع سماعة هاتفه ليطمأن على حالي، لكن ما علينا، لم تأت عليه وحده، فمنذ زمن وأنا أشعر بأنني ميت بالحياة فيما نسيت الكلام ولا أعرف أحدا عاد يسأل عني، اللهم غير نهى الكاستن التي انشغلت مؤخرا في افتتاح «الأتيليه»، ولم أعد أسمع حسها منذ ذاك الحين.

وهذه المدينة ظالم أهلها يابا، غلاظ القلوب المتحجرة، لما يهتمون لأمري وقد انتفت كل الأسباب لذلك؟ فأنا لم أعد أذهب إلى العمل، وما عدت أحضر سهراتهم بمنزل الدبّة بعدما فقدت كل إيماني بجدواها، ولم أعد أخرج من بيتنا سوى لصرف المعاش، أو شراء حاجيات البيت، أو إيصال سيف إلى المدرسة، أو الخروج لشمّ الهواء ليلا متأبطا بكتاب، والجلوس لساعات وحيدا في «الجنينة» التي تعبق برائحة مخلفات السكّان بعدما خلت من الجمال، والمشردون يحيطونني من كل جانب، ولا يكادون يصدّقون بأنني لست أفضل حالا منهم، حتى ترهقني القراءة غير المجدية، فيغلبني النعاس، وتلفحني شمس الإصباح، فأرفع بصري من مقعدي إلى شرفتك التي همّلتها سارجة، وبيتنا يبدو كنقطة لا تذكر في بحر مجمعنا السكني الضخم، وبمجرد أن تنطفأ أنوار الجنينة الصفراء أسحب ذيل الخيبة، والمرار، وأمضي في خط مستقيم إلى فراشي. ووائل جاء ومعه «مجّ» يستعرض مميزاته، ويقول بأن كل طلب من منتج الشركة الجديد الذي يعمل في تسويقه سيكون عليه هذا المجّ هدية مجانية، وأنا أصلا لا أعرف فيما يمكن

استخدامه، وحين أسأله ينبعج، ويتكور ضحكا، وهو صِلفٌ، ومتكلف، وكأنما لا يضحك بقدر ما يريد إحراجي، والسخرية مني، ثم يطلب له أن أحضر له «كابتشينو»، ويرفض أن يُعطيني مجَّه إلا بعد شراء المنتج، وأقسم له بأننا لا نشرب هذه الأشياء، وأن مطبخنا لا يعرف «لاتيه»، ولا حتى «نسكافيه»، وبتعجرفٍ يأمرني أن أتصرف، وألبّي له ما يريد. والجهل كائن حي يلهو في هذه المدينة التي اتخذ سكانها العلمَ فيها مهجورا، ووائل كما عفريت العلبة، يظهر لي فجأة ليعرض علي بما أسماه مشروع العمر، وأنا أستغرب منه، وهل بقي في العمر شيء لأفكر له بمشروع؟ دعنا وراء الكذّاب حتى باب الدار، وبعدما نزل يابا صحتُ في سيف لآخذ رأيه في عرض وائل.

ولو كنت رأيت الثقة بعين وائل لقلتَ آمين دون تفكير، وهو يقترح علي أن أبيع كتاب جدّي إلى ناصح، وهو مستعد للتوسط في ذلك مع التأكيد على عمولته، ولم يخبرني كيف عرف بأمر هذا الكتاب الذي عفا عليه الزمن وبال، ويحاول إقناعي بأن المبلغ الذي سوف يدفعه لي ناصح يكفي لسداد تكلفة العملية التي كنت سألته عليها منذ زمن طويل. ولا أخفي عليك أنه هالني، وبشّتني سماعُ هذا الخبر، وسيف يستخف بكلامي، ويقول إنه غير متحمس لهذه الفكرة، رغم أنه من أرشدني إليها، ومثل هذه العمليات الجراحية في المدينة ناجحة، ويقوم عليها علماء في الشركة بارعون، ولا تخلو المدينة من أخبار جديدة عن عملية جديدة لاستبدال الأدمغة، وزراعتها، وأنت يا سيف سألتني ذات يوم وقلت:ـ «ماذا لو استبدلت دماغك بأخرى لرجلٍ سعيد؟ هل ستصير سعيدا يا أبي؟ وأراك تهزر وتضحك طوال الوقت؟ هل السعادة في الدماغ أم في القلب؟ ولماذا يُقال: قلبي حزين؟ ولا يقولون مثلا: عقلي حزين؟ هل الحزن مصدره الصدر أم المخ يا أبي؟».

وإن كان الحزن هو غصة في القلب تأكل فيه باستمرار، فإن العقل هو من يغذيها، والأفكار السوداء من ترعاها، وتكثرها، حتى تلتف حول نياطه فتخنقه بالذكريات التي تثقل كاهله، وتمنعه من التقدم. وإن كل ما أريده هو أن أخلصك من هذا العقل الذي ورثته ولا ذنب لك فيه، حتى لا أحمل همك في لحدي، فربما أنني سأظل مهووسا بوساوس خالدة تبقى في رأسي حتى بعد رحيلي عنك، وساوس من قبيل القلق والخوف، وأنت يمكنك أن تضمن لنفسك مقعدا وثيرا لجانب الصفوة، أو مقعدا نافذا بداخل الشركة، ولتفرش ظلال المستقبل من بؤس الحاضر، ولتسربل بنفسك قميص غدك، ولترقع بذاتك سروال ماضيك. وكل ما أريده يا سيف هو أن أخلع لك عقلك الذي سيورثك الهمّ والحزن، هذا العقل النظيف والذي لم يتلوث بعد، ولم تختبره الحياة بذكريات مكئبة، فتعكر حاضره، وتسمِم غده، هذا الطفل الذي بين جنبات عظام جمجمتك أن له أن يُجتث من جذوره التليدة والممتدة عبر حبل

عقلي السُّري إليك، ماذا أصنع وأنا أراك تكبر وما تزال ترفض القنب، وتعاند، وتبكي كثيرا، وتهرب إلى وحدتك، وكتب جدك، وتتوحد مع ألعابك، ثم تصرخ في عيّاش الغول، وترفع رأسك في المعلم البغل، وتظن أنها لعبة؟ هي ليست لعبة يا سيف، الحياة في هذه المدينة ليست حلم بل واقع مؤلم تعيس يمضي بجدية في خط مستقيم، لا اعوجاج فيه ولا محطات، الكل يسير على نفس المنوال المرسوم والمحدد نهم بدقة واقتدار، لا يميلون، ولا يحيدون عن الدرب الذي حاكته لهم الشركة، وأنت تريد أن تخرج عن مسارها، إنها مساقات موضوعة مسبقا يا بُني، ومن يضع قدما خارجها فإن له معيشة من ضنك.

ووائل تبدو من نبراته الواثقة وهو يرتشف «الكابيتشينو» الذي نزل سيف ليشتريه له، أنه يكاد يبصم لي بالعشرة بأن تلك العملية مضمونة مئة المئة، وأنك يمكنك الاختيار ما بين عدة عقول نادرة ومميزة لموتى راحلين، وهي جاهزة ومحفوظة بداخل بنك الأدمغة في درجة حرارة تحت الصفر، يمكننا أن نختار لك سويا من بينها الأفضل والأروع والأسعد في كل شيء، ويمكننا الاسترشاد من خلال هذه اللوحات التي تسوّق لكل واحدة منها. ونهائي المدينة هذا المساء يابا، وفريق ناصح لابد أنه سيفوز على فريق البغل، ووائل سينتظرني عند المغيب أمام بوابة «الاستاد» المُعلق، وأنا أبحث عن كتاب جدي في الصندوق الحديد أسفل سريرك، قافل عليه يابا وكأنك تعرف الشبح وتخشى أن يخرج لك من داخله، أو يتمدد بجانبك على الفراش، ماذا سيحدث إن شريتُ كتاب جدي لناصح بثمن لا يهمني قدره ولا يعنيني غير أنه يكفي لإجراء العملية؟

والتاريخ قد يغفر أحيانا يابا، وأنت لم تغفر لجدي بعد، والمشرحة لم تعد بحاجة إلى قتلى جدد، فالموت والحياة تساويا في عقلي، وأنا أحتاج إلى استبدال عقل سيف بآخر أكثر سعادة حتى يحيا من جديد. والناس كانت على أيامك يا جدي حشمة ووقورة في الداخل كما في الخارج، والنساء لم تكنَّ بغايا، و«هوانم» وسط المدينة شكلهن غير مألوف، و«كباريهات» المدينة، وحوانيت الإخوة وخمّاراتهم، وشقق الود والمحبة لصاحبتها القوّادة محروسة، يجهزون جميعا للحدث الكبير، فالناس يشقون ويتعبون حتى يشتروا القنب. والفتيات يذبحن في وضح النهار لرفضهن الزواج، والأطفال يُخطفون من الشوارع من بين السكّان، وكل هذا لا تفسير له؟ ولمّا ذهبتُ إلى دار الأمن للشكاية من المعلم البغل الذي خطفَ سيف مرتين من أمام مدرسته، وما يفعله في حينا من بلطجة وإفساد، فحين علموا بأني مضطرب طلبوا مني ألا أعود إليهم، وأنت تعرف يابا أن المضطربين في هذه المدينة السوداء لا قانون يحميهم كما يحمي المعلم البغل.

والشركة تُخضع الناس لظروف معيشية تجعلهم تعساء بطريقة مقبولة، ثم تبيع لهم القنب لتخدير ما قد يلم بهم من آلام، وعوضا عن استئصال الورم الشبحي الخبيث، والتهاب الأخلاق الحاد، ونزيف الضمائر ـ تركز جهودها البحثية على تطوير هذا الإنتاج بما يستهدف الوصول إلى تسكين طويل الأمد بحيث تصير أدوية مضادات الاكتئاب من منتجات القنب هذه هي الوسيلة الوحيدة المتاحة لساكني المنتجع والمستودع على حدٍ سواء. والشركة التي تتنكر لأصلها لا يمكنها العيش بدون تزييف للماضي، والسكان الذين لم يعتقدوا بعد بأن الحقيقة الراسخة أمام أعينهم تحتاج فقط إلى النظر إليها لا يستحقون رؤية الشمس بينما يكاد الشبح أن يخفيها. ووائل ينجح في إقناعي بهذه الفكرة التي أكلت تفكيري لزمن، ونصحني بأن أصمم لسيف برقعا عند أبو وردة «الترزي» في الدور المسروق، وأنا لا أفهم لما علي أن أفعل معه ذلك؟ فيجيبني قائلا:

ـ إنَّ ناصح يحب الغلمان ذوي البراقع.

وناصح سوف يحضر النهائي بنفسه هذا المساء، ولابد لفريقه أن يفوز حتى وإن فاز فريق البغل على أرضية الملعب، وإن كان على المبلغ المتفق عليه فيمكنني تدبيره من ثمن كتاب جدي، وإنما وائل يعمل لمصلحتي، وهو يبغي أن يتوسط لي لدى ناصح بسعر أعلى، وأنا لن تفرق معي، كل ما في الأمر يا سيف، أن هذا البرقع سيعلي مراتبك لديه، فالواقع قبيح للغاية يا بني، وقلت لك عليك أن تشرب حتى لا تركز، وأنت مستمر في العناد، تريد أن تأكل؟ حاضر، لكن قبل أن تنوي الأكل في الشارع عليك أن تحسب ألف حساب لكل تلك الأعين الجائعة التي تسبقك إلى «الساندويتش».

ـ سيعوره لا لن يعوره ..

هذه حناجل فارغة يابا تتعارك على الهراء، كُل يا سيف أحسن لك ودعك منهم، وركز في أكلك، وغدك، ولا نريد التأخر عن موعدنا. ماذا أنت فاعل؟ قلت لك من سبق أكل النبق، ونريد أن نسبقهم إلى الصفوف الأولى، وقلت لك أيضا ما يحتاجه بيتنا يُحرم على المسكين، ومن تعطف عليه يُفقرك ويزيد بؤسك. والمدينة صارت بلا سوق جامع تقريبا، ففي كل مكان تجد أسواقا تصدح «بميكروفونات» هائلة، وهكذا مبدأ وائل بأن الحياة متاجر، والتجارة هي الشيء الوحيد الرائج هذه الأيام، وهي أكثر شيء لا أجيده، وناصح تاجر نبيه وصار اسمه على كل اليافطات، حتى أبدلت المدينة كل عناوينها القديمة، واستحدثت أسماءا مبهمة شاذة لا يُعرف لها أصلا. والمدينة تتغنى في الغبار، وترقص بألم، وقرص الشمس يأبى الرحيل، والعمائر حديثة البنيان كأشجار لبلاب تنبت في قلب المدينة من طلع الجحيم، فلا طعم لها ولا لون، والسماء هَبْوَا كأنها ما خُمد من اللهيب، والشبح

الأسود يغشى الصدور، وركامه يكتم الأنفاس، وأنا وحدي من يؤمن بك يا سيف، وأنا وحدي من رآه، وكم كنت أتمنى ألا أره في حياتي، وكم أتمنى أن تخرجه من عقلك، ولا تفكر فيه، تسأل لما؟ لأنه وهمٌ وسراب، وليس موجودا سوى برأسك وحدك، وبعيني وحدي، لكني ماضٍ، والشبح يريد أن يبقي عليك في ماضيه الأسود، وجحيمه الذي لا يكاد ينتهي.

والغروب يسدل ستائره على البوابة الشرقية، ووائل لا يجيب على الهاتف يابا، وممتهني التشرّد والتسوّل يقبلون من كل حدب، ويفترشون الطرقات إلى جانب كلابهم السعيدة، والمشجعون بالشوارع يتجهون إلى «الاستاد» المعلق بالقرب من ناطحة ناصح السحابية بوسط المدينة، وهم يهتفون باسم فريقه وله يعظمون. ووائل النذل أغلق هاتفه، فيما يبدو أنه كان مقلبا يابا وشربته، و«ياما» شربت مقالب، ومحروسة نجمة المدينة تنزل من سيارتها الفارهة بجوادين من عجلات ضخام، والمشجعون يتهافتون عليها، ويتحلقون بها، وحرّاسها يفلتونها من أيدي جمهورها الهائج، ويهرعون بها إلى الداخل بعيدا عنهم. ويبدو أنها جاءت خصيصا لمقابلة ناصح، وهو ذات السبب الذي رماني بهذه الرمية «المهببة»، فعلتها معي يا وائل؟ فماذا أفعل؟ هل أدخل وأمري لله؟ وأرسل إليه في مقصورته سيفا برقعه لعل قلبه يلين، أليس من المفترض أن يكون وائل معنا ويصحبنا إلى مقصورة المشجِّعين حتى يوصلنا إلى مقصورة ناصح؟ فهو الوحيد الذي بإمكانه أن يصدر لنا تصريحا بالاقتراب منه. لماذا أغلقت هاتفك اللعين؟ «نفضت» لي يا وائل على آخر لحظة؟ والله خير صحبة صحيح، وماذا يعني؟ فقد اعتدت على ذلك.

ولأني أعلم الحقيقة وسيف فكان ولابد أن نتوقف عن الجهر بها، فالسكّان في المدينة السوداء لا يحبون الحقائق ولا يهتمون لها، ولا يتعاملون جديا سوى مع الإشاعات، واللغو يكثر مع الإشاعة عنه مع الحقيقة؟ فتحتمل الإشاعة ألف معنى وألف رأي، وصحف الشركة ومجلاتها تجد فيها ما تصول وتجول به كل صباح، وطالما أن الحقيقة لا تجد من يفتش عنها أو يفتح لها قلبه وعقله فإن الشبح لن يترك هذه المدينة على حالها أبدا على رأيك يا سيف. ولقد ألغيت مادة التاريخ في مدرسته يابا، والتاريخ يغفر أحيانا كما يشيعون، فاستبدلوها بمادة المستقبل، وأنا ما يهمني سوى مستقبلك أنت وحدك يا سيف بعد رحيلي؟ وأنا ما الذي يجعلني أكابد وأتحامل حتى نأتي إلى هنا، لأصل إلى ناصح وأقابله ووجهي يستخرج ابتسامة مصطنعة من جوف الغيظ والكمد، وأتمنى أن تدعو لي يابا ولو مرة واحدة في مماتك، فأنا لا أذكر أنك دعوت لي ولو مرة واحدة في حياتك. وكل ما في الأمر أنني لن أخرج من هنا إلّا ومعي «الشيك» الذي عقدت عليه الاتفاق مع وائل، وأنا أطلب منك التركيز

الجيد، فالمقصورة التي يتابع منها ناصح المباراة بعيدة عن مقاعدنا، وتفصلنا عنها مئات من السلالم، ومئات من الحرس، وأظن أن تايسون سيكون حاضرا مع «شلته» الجديدة أولاد الذوات، وكيف أصل إليه يابا من بين هؤلاء؟ ولكن لدي حيلة يمكننا الاستعانة بها يا سيف، سأقصُّ حكايتي على أحدهم، وأطلب منه أن يصطجبك إلى قمرة ناصح وطبعا ليس لوجه الله، بل أتعهد له بعمولة توصيل معتبرة إن هو أعادك، ففي هذه المدينة لا يأبه السكَّان إلا بلغتي المكسب والخسارة، وكم هي لغة عسير نطقها على لساني.

وهذه أول مهمة جادّة لك يا سيف وهي شاقة، والطريق ملتفة، ومتعرجة، يصاحبك قلبي فيها وتتابعك عيني التي لم تبرح أثرك بين الرؤوس. وتمضي عشر دقائق ولا يزال غير ظاهر يابا، وقلبي يحلق حول المكان، أتدحرج في داخلي، أكاد أقع من طولي، يباغتني الدوار فأصارعه، سيرديني على رأسي، سيسكبني فوق السلالم كبساط افترش الأرض، وطنينٌ برأسي يؤبرني، وأمل في عودته غانما يحوم في صدري، والأوان يقترب، فيما أرى عين الشبح من بعيد في السماء المغبرة، وهي تتسع، وتطق شرارا، ويجب له أن يعود قبل اهتياجها. ولم يبقَ أحدٌ في هذه المدينة يؤمن إلَّا بما يَرى من إبهار، أو ما يلمس من نقود، وفيما عدا ذلك فلا وجود له، ولا أصل، وبما أنه لا أحد غيري يراه، فقد يكون من السخف التفكير بأن أرفع «ميكروفون»، وأرتفع بأعلى نقطة في المدرج، وأصرخ في الجماهير المحشودة في سعادة محذرا فيهم من اقتراب سقوط الشبح بدلا من الهتاف باسم فريق ناصح، ففي هذه المدينة السوداء ما حقا لا يستحق الكلام. والجهل أحيانا ما يكون اختياريا، والسكَّان يختارون الأقرب إلى أفكارهم بشأن المستقبل بدلا ممَّا هو أقرب إلى المنطق أو الحقيقة، وقولا واحدا لن يكون الشبح الأسود ضمن هذه الاختيارات، فلعله غير موجود بالأساس، إذ كلما سألت أحدا من السكَّان من صنع هذا؟ يجيب قائلا:ـ «صنعته الشركة»، فماذا لو جربت أن تسأله، ومن صنعهم؟ فستجدن أفواهً مطبقة. وأنا أنني أصدق سيفا، وأراه من بعيد كما لو يصعد جبلا شاهقا من وادٍ خفيض، ولا أعلم إن كان سيعود مظفرا أم خائبا؟ ولكن الشبح الأسود يقترب، ويكشر عن أنيابه، وأسنانه صفراء فاقعة، وأنفه بها الكثير من النيران. وسيف يقترب، ولم يدنُ بعد، أنا هنا يا سيف، أسرع، لن يبقى لدينا متسعا للهرب. والشبح سيغول على «الاستاد» ويغير، قبيل أن يطبقه على من فيه، وسيهبط عليهم معه جالبا كتلة هوائية ضخمة وقائظة، ستجعل الدخان يتبخر من قمم رؤوسهم، حتى لن يبقى منهم أحد على حاله، سيسيلون كالزيت المغلي، وستكون البداية بشرر من «شمروخ»، يشعل في المكان الحرائق، وحرس ناصح يهرعون به بعيدا. وإنه لأمر عجيب، فكيف عرف ناصح أن خطب الشبح يقترب؟

ولم تنتهِ المباراة بعد، ولم يكن من المتوقع ألا يتابعها حتى رفع الكأس، وكيف أن أحدا غيري موجود ويعرف حقيقته؟ ولأول مرة بحياتي أكتشف أنه يوجد وفي هذا «الاستاد» من يؤمن مثلي بالشبح لكنه ينكر وجوده على أمام السكّان.

-11-

«لَا تَخْفِقِ البَيْض»

وهذه المدينة يسطع صبحها بلا شمس، ويتنفس فيها بلا زفير، فماذا لو كانت أجسادنا من دون ذرات كربون؟ وماذا لو كنا أشباحا من نار؟ أو كنا من ذرات «فوتون»؟ أو كنا هلاميين كالماء؟ ويبقى السكَّان من فخّاريات مزجَّجة، تحركها طاقة خفيَّة، تنينٌ أسود من دخان مهين، يخرج من فيهم حتى يعبّأ الأجواء، فمن أين يأتى سوادها يابا؟ أوليس من أنفسهم الخبيثة الدكناء؟ والغيمة السوداء لا تنقشع، ولا تُرى من خلفها الشمس، وضبابها معتم كئيب، وإذ يحط كما الصخر فيجثو فوق الصدور، ويحجب نور الكون عن الصدور، وكأن الفضاء أضحى على بعد ذراع من مدينتنا، وكم من فرق ظاهري ما بين الليل والنهار، ولمَّا أبحث عن تلك الفروق فلا أرى غير التطابق، وكل نهار كما بعده، وكل ليل كما قبله، أيامي تمرُّ ولم يبقَ لها طعم أو لون، وتشابهها هو الشيء الوحيد الذي ألفته بهذه المدينة الدهماء، وأي تغيير يطرأ بدورة أيامي يكفي لأن يصيبني بهواجسَ من قلق وتوتر لا يُحتملان، وسيف وكأنه يقاسمني أن يكون صباحي لهذا اليوم مشوقا، ومليئا بالإثارة، ولكني أجدها كارثة يابا. وسيف لا يزال معاندا، وسادرا في الغيّ، ويرفض إجراء العملية، وبمجرد اقترابي من مدخل البرج أسمع أصواتا ترتفع من الجهة الأخرى فترددثُ، وبالنهاية أقرر التدخُّل، ويا ليتني ما فعلت، لأجده فاردا نفسه يصيح في وجه المعلم، وأصحابنا والجيران به حفيُّون، وهم مذهولون ممتدة أفواههم ومنفتحة على أخرها أشبه «بكبُّوت» سيارة، بينما كنت أتلصص من جانب جدار؛ لأرى المعلم يصغر أمامه، وهو مقنعَ الرأسِ، يعجزُ عن الرد، وسيف وكأنه يلقنه دروسا لا درسا، ويكِّبِّل له من كل الاتجاهات قائلا:

ـ هذه السموم يمكنك نشرها في المستودع، إنما هنا فـ "لا".

وصراحة لا أفهم سر الجرأة التي يبديها سيف على المعلم، بل لا أعرف سر الخزي البادي على الأخير والذي يقلب وجهه إلى ألوان طيف، وإذ يتلعثم أمامه، وعرقه يسيل. وهذا غريب جدا، أنَّى له بتلك القوة وكأنه يمسك على المعلم البغل زلة مثلا؟ أه لو أعرف ما الذي حدث معك يا سيف؟ أنت بعدم سماعك للكلام هذا لن توردنا غير المهالك، وسبق له وأن اختطفك أكثر من مرة، ويا عالم ما الذي سيحدث معك بهذه المرة، وأنا سأقف عاجزا لا أعرف ما العمل بينما أتقطع من داخلي، ولكني وبعد تردد أظهَر من خلف الجدار، متجها نحوهم وقلبي سينخلع عني بضرباته القاسمة، ولمَّا اقتربت رأيت كلا من: نهى، وتايسون، وميدو، ووائل، وإبراهيم، وأسامة، جميعهُم يتحلقون به، وهم متحاذون، ولا يحركون

ساكنا، وأمَّا الآخرون من الجيران ففوق رؤوسهم طيرا، وإنَّه أول ما رآني المعلم طاح عقله، فهمَّ بالتنكيل مني، وكأنه لم يقدر على الحمار فتشطَّر على بردعته، وربما أنا تلك البردعة يبا.

وأعتذر له وأنحني كما عوَّدتني والتمس منه الصفح والغفران، لكن أصحابنا الذين كانوا بالأمس في حالهم ولا يرمش لهم جفن قد أصبحوا هذا الصباح على حال أكثر جرأة، وهم يعلنون أمام البغل بأن كلام سيف لم يخلُ من الحقيقة، وبأن لحومه خطيرة تؤثر سلبا على الصحة، وقد تسببت في وفاة العديدين في المدينة بالآونة الأخيرة. وطالما أن صبيان المعلم الهُوج، وزبائنته الرُقَعاء، ستحشدهم صفارة منه برمشة عين، فينبثوا من حجورهم القريبة غضبا له؛ لينقضوا من الخلف بلا عقل تمثيلا بأصحابنا، وهم لهم مقرِّعين، ومسوِّمين ـ طالما كان ذلك يسيرا عليه فنحن إذن لن نسلم من أيديهم، هيَّا يا سيف، اجرِ، ولتقصرن الشرَّ، ولتخزين الشيطان، ولنضربن سريعا عن وجهه الشبحي المستشيط، فلا طاقة لنا هذا النهار بالمعلم وحَوَّثه، وإن أتباعه لكُثر بهذا الحي الشريد، وإن لم تسكت فلبئس العاقبة، وبئس الهوانُ بنا محيط. وقبل أن أشعر بهواء ساخن يهبّ مندفعا من اتجاهٍ قريب، أرى جيشا عارما لا أول له من أخر ولا يبدو عليه أنه يُقهر من حاشية البغل يهجمون عليهم، مدججين بعُصي فتَّاكة وسكاكينَ من ظهورهم، هذا نهار أسود يابا، والله إنها لواقعة كالكحل؛ سيباغتونهم، ليتبخروا بثوانٍ وذيولهم بأسنانهم كأنهم ما كانوا موجودين، ويخلعون منهم ركضا مفزوعين، وبكل اتِّجاهٍ يركضون، وأجرُّ سيفا وكأنما أجرُّ «موتوسيكل»، ثم أركض به بعيدا ولا يبغي أن يَخُفَّ، وأمَّا قلت لك يا سيف:

ـ لا تتمرد، ولا تخفق البيض.

والنوم يهجر جفني؛ إذ أتوقع هجوما على منزلنا بأي لحظة، ولمَّا كانت المصائب لا تحلُّ فرادى فإنني أجد المبرِّد لا يعمل، وقد غدا الجفاف مألوفا، وساخنا كالسعير، وتايسون بغير مبالاة يقول لنا بأن الحرارة سترتفع إلى ما يربو عن الخمسين درجة مئوية في الظل، وهذا في حال توافره أصلا، وكأن المدينة تصبح وتمسي مكانا كالمريخ غير صالح للعيش فيه. وفي حين يعيش أولو النصيب الأكبر من الحظوظ على شريط الساحل الشرقي، حيث حوله المناخ ليس قاسيا، ووسط المدينة مسطح نسبيا، لا جبال به لتستقطب السحب، والمطر بات نادرا للغاية وغير منتظم، والنباتات اليابسة «بالجنينة» تصارع للبقاء على قيد الحياة؛ كونها تنمو في تربة فقيرة وقاحلة، وأمَّا المواشي في مزارع الشركة فإنها تُدمِّر قشرة التربة الجافة والهشَّة أصلا، وأمَّا الحيوانات التي خلَّقها ناصح وإخوته حيويا في مخابرهم الخاصة التي لا يعلم عنها أحد في المدينة فقد أمست ضارية تهاجمني

في قلب الليل، بينما أنا جالسٌ لوحدي فجرا أسفل قمر المدينة الاصطناعي. وناصح يكرم أصله يدخلنا في عصر جديد بلا ظلام، وينير لنا المدينة في الليل من قمره التوأم المتوهج عوضا عن قمر السماء المعهود والذي انسحب منها مفسحا المجال للشركة للقيام بهذا الدور، ونهى تقول أنه عمل عظيم، وأقسم لك إن كانت شمسا حتى لتنير في الليل مكان القمر فلن أبالي، وأنا كل ما أبتغيه أن تنتهي هذه اللعبة، ويتذكرني التراب كما تذكرك يابا، ويريحني من الأيام الغرائبية كما أراحك. وصِدْقنا أحلى ما فينا صحيح على رأي ميدو الغارق في ماء البطيخ، والشارع كله يرجّ الدنيا الليلة حولنا على ألحان هذه الأغنية، وتعلم بأنَّ ميدو يحب الصخب، ويرتاح «للدوشة»، ويغيظني أكثر حينما يأتي عند المقطع الذي يغني فيه لقمر ناصح ويقول:

ـ وتهنّينا في حضن قمرنا، وأنت يا قمرنا الليلة قدرنا.

وقمر ناصح هو قدري من هذه الليلة، وأمَّا القمر الأصلي فهو معتكف في مخدعه البعيد خلف السماء، ومحتجب عن الأنظار، فلم يعد يرغب بأن يراه أحد من السكّان كأنما لا يريدهم أن ينظروا إليه. وميدو من عادته أنَّه يردّد هذه الأغنية كثيرا ويدندنها في مشيّه، ويبدو بأنَّه لن يفوّت الفرصة، وينزل بهذا الوقت ومعه «الشلّة»، ويسيرون سويا إلى الفرح، ففلسفته البسيطة ذهنيا عن الحياة ترى بأنَّ الزحمة فعّالة لمَّا تصنفر أحاسيسنا، فتفركها، وتدعكها، وتحكّها من الداخل، فتجده ملهيا بينما هو أكثر من يحب «المسخرة»، ففيها يجد ما يفرح لأجله ويلذّ، وإنما أنا لا أعرف شيئًا يفرحني، ولا شيء يطيبني. فهل انتهت حكايتي عند هذا الحد؟ أم ليس بعد؟ وهذا صبري وبأخره يدعوني أن أذهب معه بصحبة أصحابه المخنثين ذوي البراقع؛ لأفرَم في مَفرمة البشر وأخرَط في مَخرطتهم؛ وتُدعس محاشمي من قبل ومن دُبُر في ذاك الطوفان المنفجر، ولأفرح لشخص لا أعرفه لكنه يفرض فرحته على كل المنطقة، فيجبر هم بزفاف «المحروس» ابنه وصحبه حتى الصباح على الفرح له، ولا أحد يفهم علامَ؟ وفيما يكون الفرح؟

و«الفرَح» صوته يصل أخر المدينة، والطبل يدقُّ بأمعائي، وبالليلة التي ستمطر فيها الابتهاجات فإنَّ الناس كالزواحف سينتشرون من كل صوب إلى حيث فراشة المعلم بلّاصة وفرَح ابنه محروس، وفي ظل الأجواء الحميمية سيمضي الوقت دون شعور رغم الزحام والاحتكاك، وتسقط كل الاعتبارات، فكلٌّ يشعر بجسده أكثر من أي وقت آخر. وأنا جالس في مكاني، والعالم كله في جهة وقلبي في جهة كأنما أقبع بداخل زلال بيضة مهولة، ونيئة، سابحا ما بين سواد السماء، وقشرتها، وبين فساد المدينة، وصفارها، حيث يبيت ظلها الساخن ممدودا، وساكنا، على مدار اليوم، ولولا وجود قمر ناصح الجديد لما عرفتُ تمييزا لنهار

من ليل. والناس يسيحون في الأرض سعيا وراء المال في النهار كما في الليل، والحياة قد صارت مستنيرة طوال اليوم يابا فلِما لا أرى بحياتي غير السواد؟ وقمر ناصح كمروحة من مرايا، ويسطع بأضعاف القمر القديم البالي المعتزل وراء الضباب، وقد استعان به لإضاءة الشوارع، عاكسا ضوء الشمس الأصلية إلى الأرض في مدار ثابت بارتفاع قريب أكاد أمدُّ يدي فألمسه. وإذ يتوهج بدلا من القمر الذي غيبته الظروف ويغطي سماء وسط المدينة وبالكاد يصل إلينا، وإن كانت المدينة لا تتعدى مساحتها الألف كيلو مترا مربعا فإن المساحة المعمورة فيها أقل من ذلك بكثير، بما يعني أن قمرا اصطناعيا واحدا متوهجا يكفي ليصل ضوءه إلى الأطراف الجنوبية الغربية حيث أسهر وحيدا «بالجنينة» بلا شريك. والشركة تعِد السكَّان بأنه يمكنه مستقبلا أن يستمر منيرا أكثر من ثلاث ساعات متواصلة كل ليل، وهو في طريقه إلى الذبول والخفوت ككل شيء يبلى في عالمنا هذا، وعيني ترهقها القراءة بكتاب جدي بعدما نسخ منه سيف عشر نسخ، ويقول بأنه سيوزعهم على الجيران، وأنا أقرأه ولا أهتدي فيه لأي جديد يابا، فهل يكون سيف فعلا قد انكشفت عن عقله وقلبه من حُجب الشركة، فاكتشف به شيئا جديدا؟

وهذه هي ليلتي يابا، كما كل ليلة، ترافقني الوحدة الساهرة على معاناتي، وشبحك أشعر به بمكان قريب غير واضح يضرب ببوق درَّاجة بمقدمتها سلة فيها «كاسيت» يخترق عباب الظلمة الموحشة بصوت «الست» كأن روحك إذ تراني حزينا فتقبل نحوي، وتخرج لي لسانها، وترفرف من حولي متعمدة إغاظتي في ابتهاج ودِعة. وناصح ككل ليلة أراه من مكاني هذا يحتفل بقمة برجه العملاق حيث أعلى نقطة شاهقة بالمدينة، والذي يشبه قارورة مقلوبة عنقها يرتفع إلى خمسين طابقا وقلبها بيضوي من «كوارتز»، وكأنه يراقبني من منظار عال، وكأنه يعرفني أو أنه يراني من حيث لا أراه. وخالني أنه في قمرته الفاخرة تلك يحفل بكثير من المباهج والسعادة، وشبحه يتجول خلفي، فأستدر، ولا أجد شيئا، ولكنني أجد ريحه بأنفي قميئة، وهواءه أسود ثقيل، وكأنما يحضر ليثير رعبي، وكأنما يطير فوق رأسي بجناحين، أو يحوم كطائرة نفاثة، ثم يعود، ويكرر تحليقه. والكلاب التي هجَّنتها الشركة ليست كالكلاب التي كنا نعرفها يابا بل ضارية وشرسة، والشركة تطلق السلعوة في شوارع المدينة، وهي سوداء بأذنَي ثعلب ومنظر ذئب، تطوي الأرض طيًّا، فقدميها الأمامية قصيرة عن الخلفية، والسكَّان يقولون بأنها ذكيَّة للغاية ولا تهاب أحدا، وبارعة للحد الذي يجعلها تترصد لفريستها. وقالوا بأنها تأتي من الصحراء الجنوبية، وأنا رغم حظر التجوال المفروض لهذا السبب نزلت، وذهبت إلى «الجنينة» وأنا ونصيبي والزمن، وهل لي من مكان آخر يمكنني الذهاب إليه؟ وهي تظهر كل حين، فقد

سبق لها وأن عقرت الكثير، وهاجمت مدرسة سيف منذ أيام، ولكن الشركة تكذّب السكّان، وما تلك سوى إشاعات يكررها الناس، ستنجح في التصدي لها، ومن أطلق الفزع في الصدور يدّعي بأن الأمر لا يستحق الذعر، وإن هاجمتني ولا قدر الله فذلك سيستوجب فقط شراء مصل الشركة، وإن كان ولابد من تصديق عدم وجود حيوان مهجّن كهذا فلما الخوف؟ وإبراهيم يقول بأنه ليس كل كائن شرس مسعورا، بل إنَّ الحيوان المسعور لا يتفاعل أبدا، ولا يمارس أيّا من الوظائف الحيوية خلال فترة إصابته، وكل ما يفعله طوال تلك المدة القصيرة قبيل نفوقه هو العض والنهش، ولكنه لم يقل لي بأن في هذه المدينة كائنات مخيفة على هذا النحو تشبه الكلاب وقد تناجي الإنسان، أو تتحدث إليه.

وفي تلك الساعة المتأخرة تظهر إلى جواري فجأة، كأنما جاءت من العدم، وأراها تتشكل بالفراغ في هيئة جسم من أشعة «ليزر» مركّزة، وتصدر من الأعلى كأنما تصدر من جهاز مثبت بالسماء. وكأن ناصح يسلّط عدسته إلى موضع بجانبي من قمته، وكأن السلعوة شبحٌ يحاكيها بوضع ثلاثي الأبعاد، وإن كان الأمر لا يزيد عن كونها مجرد شبح من هيليوم أسود يمكنه التمثّل للبشر بأي وقت تشاءه الشركة، فهو قد ضرب الأعناق بالهلع والخوف، وأنا أراه يحدق بي من كل الاتجاهات، ويتفاعل معي بذكاء مصطنع كذكاء سكّان هذه المدينة. وسيف كان يصنع بيضة ثلاثية الأبعاد من قطع بلاستيك؛ ثم يضعها فوق شاشة جوّال تعرض لقطة فيديو فتظهر بداخله الأجسام تتحرك وكأنها تسبح في الفضاء من جميع الجوانب، كما يدور الشبح من حولي ولا يلمس مقعدي، وكأنما ناصح ما أراد سوى أن يرسل لي من يؤنس وحدتي، ويتكلم معي، فمن أين عرف بأنني قد مرَّ زمن طويل لم أتحدث فيه لمخلوق، وماذا في الأمر لو تكلمت إلى شبح، فأنا لم أجد غيره ونيسا بهذه الساعة، ولم أعرف غيره سامرا. ويبدو أنهم لم يكذبوا؛ لأن السلعوة التي تخيف سيفا تبيّن لي أنها هلامية ولا تؤذي أحدا، بينما شبحها الذي كان لطيفا معي مذ لحظة يخوّفني الآن، ويحمّر لي جفنه، فتظهر أنيابه الحادة رافعا رأسه ليعوي، ثم ينظر لي بشدة كأنما يهمّ بالانقضاض، وقلبي يتفصد رعبا، وأنا أراه غاضبا يجأر بكراهية السكّان، فمن يجيرني إن هاجمني؟ ومن هنا أستصرخه؟ بينما أجاهد حتى أبتسم لكيلا أستفزه قبل أن يرمقني مجددا، ويصيح بي قائلا:

ـ هل ابنك من خفق البيض بالمدينة؟

وبماذا أجيبه يابا؟ وقبل أن أتوسل إليه وأستسمحه كيلا يؤذيني، أراه ينقشع عني في جزء من جزء من الثانية، وإني لأحمدنَّ الله كثيرا وأشكرنَّه على أن الحيوان الشبحي الغامض هذا لم يستمع لإجاباتي الساذجة.

-12-

« عَوْلَمَة فِي الصُّنْدُوق »

وسيف كان يحتفظ بنسخة ضائعة من كتابك يا جدي، وأعود صباحا لأجده متحفزا يحرث أرضية غرفتك تحت الفراش؛ بحثا عن الصندوق الأسود الذي ردمته يابا من قبل طلوعك على «المعاش» كما فعل بقيّة السكّان، حتى نُسِيَ تاريخ المدينة، وهجروا كتبك يا عبد لبرّ، ووضعوها بتوابيتَ خشبية سوداء، ودفعوها أسفل منهم، وسيف يقسم بأن أساس العولمة في هذا الصندوق بعينه، فهل تذكره يابا؟ وهو لمّا يجده يقلبه رأسًا على عقب، فينهار كل ما حواه على الأرض صانعا جبلا هائلا من كتب عدة، ثم يجمعهم إلى مفرش، ويهرع إلى الصالة، فيبعثرهم فوق السجاد ليشرع بعدها برصّهم في ثلاث دوائر متداخلة يكون هو خارجها، ويكأنه يبحث عن شيء ما تائه وسط الصفحات الصفراء الرطبة يمكنه تغيير شيء، بينما يستعصي عليّ فهم ما الّذي يفعله؟ وهو إذ يسجّل ملاحظاته، ويبحث بين الأوراق، يقول بأنَّ تطبيق العلم أهمُّ من عمل الكعك، وإنَّ التحرّي خلف المعلومة وتتبُّعها من مصادرها أهمُّ من استقائها من فمِّ الشبح.

ويقول بأنَّ المدينة أصبحت عقيما، ويزداد التصحر فيها حدة، وبأنّ أجدادنا أول الذين استوطنوا به كانوا معتمدين بشكل كامل على الزراعة، واستفادوا إلى أقصى حد مما قدمته لهم الطبيعة، حتى جاء الإخوة بأساليب زراعية استحدثوها من وراء الكتب فأجهدوها، واستنفذوا خيراتها. والتربة التي كانت من أخصب الأراضي في الشمال أمست اليوم مستنفذة إلى حد كبير، ولذا لتجنب حدوث كارثة في هذه المدينة وجب عادة التفكير في كل شيء، لكن كيف؟ إنه يسألني يابا، وأنا ما يدريني من الذي يمكنه منع العاصفة؟ ويقول بينما يدوّن ملاحظاته بورقة إن المدينة مهددةٌ بغزو الصحراء الجنوبية التي تعادل مساحتها عشرة أضعاف مساحة وسط المدينة، وهذا بخلاف العواصف الترابية التي تضرب أنفها بمعدل شهري، وإن الحياة البرية بغابات الشمال صارت في بأس شديد، وحرائقها التي تلظى فإنَّها لا تخلّف سوى الدمار، والجفاف الذي تشققت له الحلوق، ويبست منه الأبدان، فكيف وصلت لمدينة إلى حالتها هذه يا أبي؟ وعندما بدأ نجم الشركة في الظهور قبل سنوات كان شمال المدينة مغطاة بغابات كثيفة وكانت أكثر اخضرارا مما هي عليه اليوم، وسكّانها كانوا يشكرون الأنعم، ولكن الإخوة لم يروا الحياة بهذه الطريقة، حتى اكتشفوا بها المعادن المتنوعة، فبدت واعدة لهم، فاخترعوا أسلوب حياة جديد للسكّن، فقطّعت الغابات لإفساح مكان للبناء، وبدأت الكارثة بالتشكل. وأسامة يصّدق على كلام سيف، ويؤكّد بأنَّ أرضي الشمال الخصبة

مهددة بالتصحر، والإخوة يقنعون السكَّان بأنهم ينشؤون عصرا جديدا، وقد أصبحت المدينة جرداء ولا شيئا ينمو بها، وعلى مسافة عدة كيلومترات إلى الجنوب باتت تهجر قرى بدوية بأكملها، نظرا للجفاف الشديد الذي هجم على المدينة، وقد اعتاد السكَّان على الأمر المستجد بشكل مخيف، وصاروا متفهمين معه رغم أن الشتاء لم يزر مدينتنا هذا العام، والصيف يستمر بضرباته اللاهبة كما لم أشهد من قبل بحياتي في هذه المدينة، ولا أفهم كيف يعتاد السكَّان على هذا الخطب الجلل بكل تلك السهولة التي يبدونها، ربما أنهم سعيدون ببقائهم بقمصانهم الصيفية، «بشورتاتهم» القصيرة السوداء التي تكشف من عورات قلوبهم قبل غيرها، وأكثر ما يشغلهم هو حرصهم على تدخين القنب وجمع المال، وكم يذل الحرص على المال أعناق الرجال في هذه المدينة حتى لم يبق بها من رجال.

والأرض قد يبست حتى احتلتها الرمال، وعندما تمر فوقها الرياح الساخنة المتوقعة فإنها ستتحول إلى حبيبات غبار من جمر مستثار. ووفقا للدراسات التي قد سبق وأجراها تايسون في المحطة قبل تركه العمل فإنه تساقط أكثر من مليونين طن من أتربة ورمال خلال هذا العام على المدينة، وهو يوصي بضرورة البدء بتشييد سياج أخضر كبير حول الجنوب، ولكن يبدو بأن ذلك لم يعد يكفي لمنع الشبح من التقدم نحو المدينة. والجفاف الذي يضربها أخلى زروع «الجنينة» من الروح، حتى ماتت سريعا، فيما مدافع الشركة الكبيرة، ورجماتها الثقيلة، وطائراتها تنطلق صوب الغيوم لبذرها وجلب الأمطار إلى المناطق القاحلة، وهم يحاربون على الجبهة يوميا على رأي تايسون؛ لصنع المطر، والحد من آثار الجفاف، باستخدام ثلجا جافا من جزيئات ثاني أكسيد الكربون. وأطفال الحي يلعبون بأعقاب صواريخ ساقطة بعد الإطلاق، بينما يواصل الشبح هجومه على رأس المدينة في كل شهر منذ رحيلك عن عالمنا، فمنذ شبعة أشهر والعواصف الترابية تضرب وجهها؛ لتغرق ومحيطها كله بضباب كثيف عاتم من رمال سوداء لمدة لا تقل عن ساعة، حتى إن يختنق السكَّان يرتفع الشبح لميعاد آخر. ومن خلال فحص التراب المتساقط اكتشف تايسون أنه يأتي من الصحارى العظيمة تلك التي تبعد كيلو مترات عدة عن منطقتنا، ويعتقد بأن الشركة تقوم بالواجب وزيادة لأجل إيقاف زحف الرمال. وعندما لا تكون هناك غيوم طبيعية فإن الأمطار الصناعية غير كافية لملء الخزانات فوق أسطح البنايات، والمياه تشحّ بشدة بمنطقتنا على عكس الأحياء الأخرى، والمنتجعات النموذجية الواقعة على الساحل الشرقي، وسيف يرى بأنها رغم ذلك لن تصمد في مواجهة الرمال، وستُبتلع عن بكرة أبيها لمَّا تلتقي التيارات فتندفع من فجوة فمّ الشبح في طريقها إلينا ومن ثم إليهم.

وعلى بعد كيلو مترات أرى من شرفتنا جيشا مهولا من عمَّال الشركة يحاربون لسد الفجوة، فلا تتدفق الرمال عبرها مهددةً بغمر المدينة وردمها بشكل كامل، وتلك الرمال حينما تتحرك بسرعة تشكل خطورة كبرى على حياة السكَّان، فماذا تفعل الشركة لتحسين الوضع؟ وإنهم في سبيل محاربة التصحر حشدوا الآلاف لجعل الرمال أكثر استقرارا باستخدام قمم من قش، وزرعوا أشجارا تنمو سريعا في آلاف الهكتارات جنوبا، من نباتات تحتاج فقط إلى الماء عند زراعتها، وكما وضعوا شبكات بلاستيكية لإيقاف تحريك الرمال، وتهدئة العواصف الترابية الشديدة، والأغبرة الرملية السوداء التي تتسرب إلى المدينة بشكل مستمر، ولعلهم نجحوا في فمِّ الشبح، حيث تقلصت ضرباتها التي تجتاح المدينة فتغرق الكباري المعلقة في بحور الرمال بشكل منتظم على مدار الشهور الماضية. فهي حين تهب لا يكون بإمكان أحد فتح أعينه أو حتى رؤية الطريق، ولكن في السابق كانت وتيرة العواصف أقل من ذلك ومعتادة، وقد احتالت الظروف كثيرا من بعدك يابا، وباتت أحوال المدينة غير منطقية، وأعاجيبها تتزايد من آن لآن. ونهى تقول بأن الشركة تزرع مليون شجرة في سبيل بناء حصن الأشجار الفتيّ الذي سيطوِّق الشبح فيحبسه في ركنه النائي ويغلق فمه، وسيف يصرّ على أنها حيلة العاجز، وهذا الشهر سيبين إذا ما كان قادرا على تحمل ضغط الشبح أم لا؟ وإبراهيم يرى ثمة حل برشِّ الصحراء عبر الطائرات ببيض الخنافس التي تساعد في نمو البكتيريا الزرقاء لخلق قشرة صلبة تمنع تحريك الرمال، وتطبيق ذلك بأسرع وقت ممكن وعلى أوسع نطاق.

وفي هذا العالم الجاف تقريبا والمحدود بقيت بعض من الجزر الخضراء المتفرقة بفعل معجزة ما؛ وأسامة يقول إنها مزارع نموذجية يمتلكها ناصح وإخوته، وللمعلم البغل نصيب منها، ونهى تقول بأن الرياح التي تهبّ على المدينة من الجنوب ليست أسوأ عدو للسكَّان، وهي لا تستبعد أن يكون للمعلم البغل يد في كل ما تمرّ به المدينة، فلحومه الفاسدة هي المتسبب الأول في في تزايد حالات الوفاة بالمدينة مؤخرا. وإبراهيم يقول بأنه من الضروريّ النظر إلى الأمور في عينها، ويرى بأن الشركة عليها أن تتوقف عن دعمها للمعلم البغل وفساده الطاغي؛ فقد ثبت له بالدليل القاطع أن مواشي البغل تحقن بجرعات هائلة من «الهرمونات» الخطرة على الصحة، وأنه آن الأوان لمقاطعة لحومه. وميدو سبق وظهرت له نتيجة الدم لأستاذ السقا إيجابية ما يعني أن كلام نهى صحيح، وأن تلوث الهواء بالجسيمات المسرطنة كانت سببا في وفاته، وتايسون يرى بأن سيفا ربما يبالغ، وهو لا يجد الأمر بذات الخطورة التي يتصورها عقله الصغير كما يقول يابا. ويقول بأنَّ أمر انتشار المنخفضات الجوية عند فمِّ المدينة هو ما يتسبب

في كل تلك الرياح المسؤولة عن العواصف الرملية، ويرى بأن ما تفعله الشركة يخدم الصالح العام، وأن مشروع الشركة سيخفِّض درجات الحرارة بالأشهر القادمات، ومع ذلك فهو يحب المعلم البغل؛ لأنه غشَّه في الحساب من قبل وشرى له لحمة «كندوز» بدلا من لحمة «بتلو» ورفض استرجاعها. ويقول أنه استخدم مستشعرات خاصة لقياس سرعة الرياح في جزء من الثانية عندما كان هناك فوق ربوة رملية يجري تجربة حيث كانت كثبان الرمال القوية تكفي لغمر صندوقه الذي يحوي الأجهزة والمعدات في أقل من ساعة، وأنه يستطيع فهم السرعة التي تتحرك بها تلك الكثبان واتجاهها، وإن الصحراء الجنوبية عبارة عن مستوعب ضخم من الرمال يميل إلى الازدياد والتوسع وبسط النفوذ، وهو يدنو من وسط المدينة أكثر من أي وقت مضى، وأنه لا سبيل لإيقاف زحفه غير زراعة ذلك الحصن العظيم، وتحزيم المدينة بشكل تام من الجنوب، فهو مشروع مقدر برأيه سيحفظها من أي هجمات بالمستقبل. وبحسب رأي نهى فإن ربح الحرب ضد الشركة ما يزال بعيد المنال، ولابد من الضغط عليهم للإسراع في ذلك المشروع، حتى لا تجد العواصف ما تتغذى عليه، فتبطأ حدتها قبل تضربنا، ولكن ذلك سوف يستغرق وقتا طويلا، بل إن هناك عاملا جديدا يهدد بجعل تلك المهمة وهو أكثر تعقيدا مما نتخيل، وأمام أصحابنا يفرد تايسون فوق السجاد خريطة لهندسة المدينة المناخية، ويشير على بقعة صفراء ويقول:

ـ هذا يوضح حركة العاصفة القادمة من الجنوب، وإنها أكثر شدة مما رأيناه في المدينة خلال الأشهر السبعة الأخيرة.

ويقول بأن الغبار الرملي المتطاير من الصحراء يصل إلى الرياح عالية الارتفاع ويسقط علينا، وفوق وسط المدينة، وعلى الكباري، ويحيل السيارات فوقها إلى مراكب غارقة في برك من الرمال، وفي هذه الحالة تصبح المشكلة مشكلتنا جميعا. ونهى تعتقد في تلقيح السماء لجلب مائها حلا لا بأس فيه في ظل هذه الظروف الطارئة، وتايسون يؤكد لها بأن الشركة لن تقف صامتة بل ستتحرك بأقصى سرعة، وإنَّ خبرائها يعملون على برنامج سيكون له فوائد عظيمة لجميع السكَّان من خلال تلطيف الأجواء وقهر الجفاف وغزو الرمال. وسيف يستمع إليهم ولا يبدو مقتنعا، ويقول بأنهم طبَّقوا هذا المشروع بالفعل، وإنهم يطلقون الصواريخ على الغيوم لإمطار مزارعهم وحدهم، وطائراتهم حينما تمر في سماء المدينة ترشّ ثاني أكسيد الكربون الصلب على السحب لتحفيزها على سكب مطرها وإسقاطه. وقد وجد بينما كان عائدا من مدرسته عينات كثيرة من ألياف سوداء على ورق شجر تشبه ألياف العنكبوب، ويرجِّح أنَّ ما تمطره الشركة ما كان لمحاربة الجفاف أو لتهدئة الجو أبدا، ولكنهم يتحكمون فعليا بطقس المدينة، والهدف ليس

تبريد المدينة أو صنع المطر بل إنها مركبات سامة تحملها ألياف خيطية طويلة تعمل كناقل وتُقِلُّها مثل مظلة الإنزال. ويقول بأنَّ ناصح هو رأس الأفعى ومخدع الشبح، وأنَّه يسعى لإبادة السكَّان ببطء، وهذه المدينة ستشهد تحديات هائلة، وقد قرأ بمكتبة جدي عبد البرّ أن تلك المركبات الدقيقة تلتصق بالمخاط الرئوي وتمر للمجري الدموي، فتشكل حاجزا يمنع المستقبلات الخلوية، وبتراكمها هذا ما يجعل السكَّان أكثر غباءا. والله عندك حق يا سيف، فإن لم يكن باستطاعتنا التفكير بوضوح فما هي التحديات التي سنواجهها؟ لا شيء، بالطبع لن نواجه أي تحدٍ، وعلى العكس فالإخوة لحماية ذواتهم وحدها حصَّنوا أنفسهم بطرق شتى لا نعرفها لأجل تجنب تلك الآثار والحفاظ على نوعهم من الانقراض. وكيف التصرف وجوُّ المدينة أصبح ساما ليس خانقا وحسب؟ ولا أحد يبالي في المدينة؟ وجمعية الشركة العلمية تكذِب، ولا تقول الحقيقية للحصول على السكَّان على التمويل اللازم لبناء الحصن، بينما تعاني المدينة من الجفاف بسبب حرق غابات الشمال لتوليد النفط من أخشابها. وهل هذه حرب نفسية وهمية أم حقيقية يابا؟ وهل هي حرب لإنهاك السكَّان والتحكم في مشاعرهم؟ أم أنَّ الشبح الأسود حقيقة وهو يغير المناخ في المدينة وسيهلك الأحياء، ولا يريد أحد تصديقها؟ وهل ناصح يتحكم في مناخ المدينة كليا؟ أم أنه يريد إظهار ذلك لتعزيز فكرة نجاح الشركة في حل المشكلات، والأخبار المخيفة التي تزرفها قنواتها ليست إلا كلمات مختارة بعناية، أبواق فارغة كانت تأخذ على أيامك أشكالا مختلفة ونحن الآن نسمع بها في ظروف جديدة. والقنب لم يعد يكفي وحده ويحتاج لعوامل مساعدة من قبيل أهوال المدينة وعلامات دمارها، واعتاد الجميع على أخبار الشبح بل وتجرأوا عليه، فلم يبق يرهبهم ويظنون أنهم سينتصرون عليه بالنهاية، وأنهم سيتحكمون به. والحقيقة أنَّهم يستمرون في وهمهم الذي تغذيه المركبات السامة بعقولهم ويجهلون كم هائل من المعلومات المخفية، فتنغرس بوجدانهم مع الوقت كل مشاعر الانهزامية والسلبية فيما تقتل لديهم روح التغيير حتى أصحابنا سارعوا قبل غيرهم بدفع ضريبة الثلج الجاف الذي يجب أن يساهموا في تمويله من أجل التصدي لهذا الظرف المستجد. وأفشل في نزع هذه الأفكار من رأس سيف، إذ يصيح في أصحابنا بأن الشبح الأسود موجود وموعده يدنو، حتى بدا أنهم اقتنعوا أخيرا لكنهم يستمرون في الجدال الفارغ حول أسبابه.

وتايسون يقرر فحص عينات سيف ولمَّا يعرِّضها للنار لا تتفحم على عكس ألياف العنكوب بل انكمشت «كالبلاستيك»، وهو يقول أنها ألياف عضوية من مركبات بللورية، وسيف يصرُّ على أنها صممت في مختبرات الشركة بالشمال. وميدو يقول أنَّه يعرف تأثير هذه المركبات فلا يجب استنشاقها أو هضمها؛ لأنها

تؤثر بشدة على الغدد الصماء وتسبب النسيان. وتايسون الذي يقول بأنَّ الضرورات تبيح المحظورات قد سبق له ونشر هذا التقرير قبل أن يأتيه اتصال يأمره بتكذيب الخبر. ويظهر أن تقرير تايسون الذي ترك العمل على إثره كان على حق، وقد أشار فيه منذئذ إلى أن شيئا غريبا سيحدث في الشهور الأخيرة في الغلاف الجوي للمدينة، وقد صارت المدينة مثل سخَّان عملاق أو جهاز «ميكروويف» ضخم نحترق بداخله يابا، وغلافها بات أشبه بعدسة عملاقة بحيث تبدو السماء للرائي وكأنها تتعرض للاحتراق، ولا أحد يعلم ما قد يحدث من جراء ذلك من آثار غير مضمونة العواقب. وسيف يقول أنَّهم إذا كانوا جادِّين فلما لا يخمدوا الحرائق التي تضرب الشمال منذ أشهر عدة، فيما دمرت آلاف القرى والمنازل على مساحات شاسعة، والهدف لا يربو عن كونه حرب نفسية من أجل إخضاع السكَّان وإرهابهم. وأنَّ ما يحدث في هذه المدينة ليس سوى نتيجة تلاعب الأخوة بطقسها ومناخها، فهي لن تبقى كما هي معروفة الآن، وهو يصرّ على رأيه بأن مشروع الشركة فتَّاك يهدف للقضاء على الكثير من السكَّان وإحداث ظواهر مناخية غير اعتيادية في السابق، وضرب المدينة بموجات عالية التردد لاستحثاث العواصف كما يقوم أحدهم بإحراق الغابات بعود ثقاب، ثم يترك النار تنتشر وتأخذ ما بطريقها.

والشركة تمارس التضليل والتعتيم من خلال تقديمه على أنه مجرد برنامج بحثي بينما الوثائق المذكورة في الكتاب الذي احتفظ سيف بنسخة منه تفضح تلك التجارب وتعرّي حقيقتها. والذيول السوداء التي تطلقها طائراتها لأميال بالسماء ليست ناتجة عن التكثف نظرا لبقائها مدد طويلة وساعات بدون أن تتبدد أو تتلاشى، والإخوة يرعون الإعلانات الممولة لإلهاء السكَّان، وشغلهم عن الخطر الحقيقي عبر السخرية من الإشاعات والقول بأن الشبح وهمي ولا أصل له، ويتحدُّون الجميع بأنهم سيثبتون أنها مجرد تكهنات ساذجة من مجموعة مضطربين، ونظريات عابثة لأفراد حمقى لا يدركون أنَّ حماقتهم من شأنها بث الرعب في النفوس، وتثير الهلع. وماذا يكون تفسير هذه الغيوم المتشابكة والكثيفة وكأنَّ السماء مغطاة لأخمصها بلحاف أسود سميك؟ بينما يذكر السكَّان أن ناصح اقترح حرق الغابات ذات مرة؛ وامتصاص ثاني أكسيد الكربون المنبعث منها، وتحويله إلى سائل تحت ضغط عال، ومن ثم تخزينه تحت الأرض، وتحويله إلى ثلج جاف؛ لتحفيز المطر به من جانب، ولحقنه داخل الآبار البترولية من جانب آخر؛ فتستخرج الحفَّارات مزيدا من النفط الخام من قلب الصحراء. والأخوة يدركون أنَّ من يتحكم بالطقس يمكنه التحكم بالمدينة، لذا يظهرون لنا أنهم قادرون على التحكم بالمناخ، ويدعون الناس إلى عدم الذعر، وقد خرجوا على الشاشات

ليزفُّوا البشرى، ويطمأنوا السكّان قائلين:ـ من فضلكم لا تقلقوا نحن أصدقاؤكم مجلس إدارة الشركة، وأنتم شهود للتو على بث مباشر، وترون أن الطقس متحكم فيه عن بعد، عبر آلاتنا الخاصة، وبعد نجاح تجاربنا لتحفيز إسقاط المطر نعلن لكم أننا الآن قادرون على السيطرة على الجفاف، والتحكم بالعاصفة.

ويقولون بأنهم يقومون بإعداد المزيد من الإثباتات، فعلى الحافة الشمالية الشرقية من المدينة حيث البركان العظيم الخامد منذ زمن طويل، وفي خلال عشر ثوان ثارت تلك البراكين لتندلع بقوة هائلة أمام أعين السكّان الذاهلة. وهم يشاهدون على شاشات ضخمة بالشوارع ما يحدث أثناء إعلان الشركة عن آلتهم المناخية الهائلة لسقي الصحراء، والتي عند الضغط على المفتاح الرئيسي للمطر فإذ به يهطل فوق رؤوسهم كالسحر. والمدينة ضائعة في ظل الحقيقة المعمى عليها يابا، فيما السماء لم تعد بائنة للناظر إليها، وعليها كِسفٌ ملتحمة بغراءٍ هزيل، وقِطعٍ متفرقة من ألواح وقعَ عليها حبرٌ فائض، حتى يأمرها ناصح فتُمطر من فوق أعينهم الذاهلة، وأعناقهم ممدودة كلاعب سلّة يصوّب الكرة إلى السماء، ثم يشاهدونها للحظاتٍ وهي ترتجف أعلاهم كبحرٍ هائج، وتُهطلهم دفعةً واحدة كمن ألقتْ من شرفتها طست ماء ساخن على أحد المارين، وإن تكن الشركة لديها قوة محدودة لتحفيز بضع قطرات، ولكنها لا يمكنها التحكم بالأضرار والتبعات التي ستنتج عن تلاعبهم بحياة السكّان دون أن ينتبه إليهم أحد كما يقول سيف.

[]

-13-

«مَوْعِدُ سِقُوطِ الشَّبَح»

وإذا كان الزمان والمكان يحددان السرعة ويغيران القدرة فماذا بيدي لأصنعه حتى أتحكم في سرعة النهاية الحتمية؟ بينما أنا مسلوب الإرادة كليا، أسير الزمن المتوقف عند عتبتي، ومحدود النطاق الذي أتحرك فيه كل يوم ما بين البيت و«الجنينة»، لتكون محصلة قدرتي على التغيير هي صفر، وهذا قانون أعلى، وصدقت حين قلت أنّه لابد من السير عليه، وكنت تشير لي واضعا سبابتك على طرف إبهامك، وتتضاءل في نفسك وتقول:۔ «وماذا تكون غير إلكترون فسفس ضئيل في ذرة يدور في فلكها ككرة خيط معلوم طوله وسرعة لفّته محسوبة بعناية، وفي كل لحظة ينتقل من آن إلى آن آخر، وقبل النهاية تزيد سرعته حتى تكتمل دورته ويصل الخيط إلى طرفه، إلى النقطة صفر حيث بدأ عندها يتقابل الطرفان فيتوقف الزمن، ويقف المحرّك عن الدوران» وكم هي قدرتي المحدودة وسط كل تلك الأعداد الهائلة من الذرات في كل هذا الكون غير المتناهي. والسماء مصقولة بحُجبٍ سوداءَ دانية من الرؤوس، ومع انقلاب يومي صرت أستيقظ قبيل الإظلام، حين تتكاثف الخيوط الكيميائية، وتجتمع كوحدة واحدة، ثم تنخفض كلها فتخفي الضوء، وتغمر السماء بغبار أسود ثقيل، يعدم الرؤية، وبكل يوم يتمدد بانتظام، حتى انقلب عصر المدينة مساءً وظهرها عصرا وصباحها ظهرا وسَحَرها صباحا ومنتصف ليلها في أخره ومساءها مع انتصافه، فصرت أعود إلى البيت مع ارتفاع النهار ضحىً، وأنزل منه مع انتصاف الليل كأنني سجين مسموح له أن يخرج ويعود تحت الحراسة. والمدينة ككرة «روجبي» كبيرة أطلقت بقوة في الكون، فلا تنفك تجري في شكل حلزوني كالشيفرة الجينية حول مركزها وحول الشمس بخفّة مدهشة فلا يشعر بها أحد. والكون كخليّة فيروسيّة تجري في الدم على غلافها النجوم والمدينة فيها كالنواة بداخلها نويّات الجينات، والعالم كشطيرة كبيرة بوسطها بيضة بداخلها المدينة وعلى أطرافها نجوم من سكر منثور. والمدينة فيها السماء مثل منظار ضخم بعدسة زجاجيّة من ماء صاف برّاق، ومن خلفها عدسة أكبر فأكبر وأكبر، كأطباقٍ مضغوطة بدقة، بعضها بداخل بعض، وبعضها من بعض. ونحن نحترق حرفيا ولا نكاد نصدق مصيرنا إلى رماد، ولا يمكن لنا أن نعود إلى حالتنا الأصلية فنحن نحتاج إلى الأكسجين للبقاء، وهو ينفد بالمدينة، وهذا هو التحدي الحقيقي المفترض.

والأشجار الجافة تموت سريعا، فكمية المطر الذي تسحئه الشركة غير كاف، والمياة الجوفية ترتفع بالملح فتقحلها، وترديها غير خصبة، ونهر الشمال تجفّ

منابعه، والأمطار التي كانت تسقط على الغابات انقطعت، والحرائق تزيد من الغازات الدفيئة التي تحبس الحرارة فتزيد من جفاف المدينة، والشبح الأسود يتلصص على سكّانها من بعيد ويترقب اللحظة المناسبة التي يضربهم فيها، وكل حسابات الشركة غير العلمية التي اختارت أنواعا بعينها من أشجار تنمو سريعا لم تكن صحيحة كما توقع سيف، فقد نمت لفترة قصيرة، وليس هنالك من وقت لزراعة أشجار الصفصاف البرية، أو نقل صنوبر الغابات عوضا عنها. والوقت يمضي يابا ولا أحد يبالي بمصير هذه المدينة، كأنما السكّان أشباح أحياء أراهم يسيرون على ساقين مخدَّرين في سكرة الموت، والرياح الساخنة لا تتوقف، ولا تهدأ، ولا شيء يمنع الرمال من الانضمام إلى العاصفة، وتلك الرمال الملتهبة تمتص الرطوبة من الجو بسرعة لا يمكن تخيّلها، والمدينة تحتاج إلى زراعة ملايين من الأشجار ورصفها على طول الحد الجنوبي لوقف زحف الصحراء في زمن قياسي، بينما الحصن الأخضر الكبير جاء قراره متأخرا نتيجة التراخي والإهمال، وربما لن يسعفهم الوقت قبل موعد سقوط الشبح على المدينة، وسيف يتوقع أن يكون بنهاية هذا الشهر حسبما تسرَّب إليه، وأجده يصيح بأنه علم ذلك الموعد على وجه الدقة، وهو يريد أن يهرع إلى الشوارع ليصرخ في السكّان محذِّرا إياهم من اقتراب النهاية، فعل هم مصدِّقون؟

والشركة بدلا من الإسراع بحلّ المشكلة يريدون استغلال الرمال في صناعة منتجات عدة تزيد أرباحهم كما استغلوا كل شيء بالمدينة، والرياح تقلُّ السحاب فيتتألف ويتراكم، وتلقِّح الغيوم فكان يهبط من خلالها الماء عذبا وطبيعيا، وإنَّما الأمطار السوداء التي تقذفها طائرات الشركة تهبط معها ملوثات تهلك الحرث والنسل، فيما لا يبدو أنه قرار صائب، والسماء كانت خزانا للماء، والسحاب كان أنبوبه، والرياح اليد العاملة التي أحضرته، وقد صارت عقيما. والشركة لا تخبر الحقيقة، وناصح يتعالى في المدينة ويدَّعي أنه المنقذ الذي يمنح السكّان الحياة بعدما تخلَّت السماء عنهم، فهو من صار يلقح السحاب عوضا عن الرياح، وماذا تفعل قطراته البائسة في أرض أهلكها الحنين إلى المطر؟ والمدينة قلَّ خيرها يابا بعد أقل من ثمانية أشهر من غيابك، والسماء يبدو بأنها غاضبة عليها ولا تريد أن تروي ظمأها. وسيف يقول بأن الحلَّ ما يزال في صندوق جدي، وكتابه الذي سطا الإخوة على ما فيه من علوم وعولمة ونظرا لقلة فهمهم فقد أساءوا تطبيقها، وإنهم بجشعهم يقودون المدينة نحو حتفها الأكيد مدَّعين بأن ما أنجزته الشركة بالمدينة ليس من علم جدي، وإنما ينسبونه إلى علمهم الخاص، ومن سيدري إن كانوا قد سرقوا هذا العلم أم أبدعوه؟ وسكّان هذه المدينة قد اتخذوا كتابك يا جدي مهجورا، فمن يفتِّش في الكتب من ورائهم بعدما قد بات الجهل سلطان المدينة وصولجانها،

والشبح الأسود يسخر من غبائهم، وإذ يرقب ما هم صانعون قبل النهاية يضحك على صنيعهم الذي لن يجدي شيئا، وسيف لا يعتقد بأن الأمل مستبعد بعد، وهو يحمل مذياعا كبيرا ويمضي بين الحواري والأزقة ينادي في السكّان بأن يتجهزوا للقاء الشبح، وهو يقسم لهم بأن موعده قريب وأنه يعلم الليلة والساعة التي سيسقط فيها خلال هذا الشهر، ولأول مرة أجد السكّان يتحدون على مواجهته، وحملة سيف تؤتي أكلها بينهم، وأتعجب لحجم التأثير الذي صنعه فيهم، وبين عشية وضحى صار السكّان لا يتحدثون بشيء سوى عن أمر اقتراب موعد سقوط الشبح الذي يتنبأ به سيف، ويبدأون فعليا بالتجهيز له، ولمّا علم ناصح بذلك لم يشأ أن يثير غضبهم عليه فقرر المهادنة، وأظهر لهم تكاتفه معهم في التصدي لذلك الهجوم الوشيك.

والسكّان على نحو غير متوقع باتوا يشعرون بالقلق على حياتهم في المدينة في ظل استمرار الجفاف الذي يهددهم بالفناء، والعواصف الترابية احتدت بشكل متسارع خلال الفترة الأخيرة، والحياة بالمدينة صارت غير محتملة، فالجو خانق وقتلى ارتفاع الحرارة يتزايدون يوما بعد آخر. وفي ظل الهلع السائد بين معظم سكّان المدينة من شمالها إلى جنوبها ومن شرقها إلى وسطها كان من العسير على الشركة أن تتجاهله، وكل محاولاتها لطمأنتهم تبوء بالفشل الذريع، وتزداد الحملات التي يقودها سيف في الشوارع وعبر «الانترنت»، ولم يجد ناصح بدا من الاستجابة لها، فيبدأون بتشييد الملاجئ في كل مكان يمنها استيعاب السكّان الفارين من لهيب الشبح المستعر، احتسابا لأي هجمة قد يشنها في الفترة القادمة، والتي يتنبأ بها سيف، وهو يدعو السكّان للبدء فورا بتخزين الطعام والشراب في بيوتهم. وفيما يبدو أن الشركة تعترف بفشلها في التصدي لزحف الرمال، بينما حصنها الأخضر الكبير يتداعى ولن يوشك على الانتهاء قبل الموعد الذي تنبأ به سيف، وتبدأ بحفر الخنادق لهم فمع سقوط الشبح وانتشار حبيبات الغبار وتسلطها على الجو تتضاءل مستويات الأكسجين بالهواء، وبات من الضروري تجهيزها بكل وسائل التبريد وتوزيع أقنعة الأكسجين على مختلف السكّان للحفاظ على حياتهم التي لم يعد لديهم من شك بأنها في خطر حقيقي لا يحتاج للانتظار. وعند استشراف النهاية تتلاشى كل الفروق الاجتماعية بينهم، وأراهم يتشاركون جميعا في عملية إنقاذ المدينة من هجوم الشبح الأسود، ومع اقتراب الموعد الذي حدده لهم سيف والذي سرّبه إليه الشبح بنفسه بدأوا في الترقب لساعة الصفر في حين الرعب يكاد أن يطمس وجوههم التي اختفت منها كل تعابير السعادة واستبدلت بتعابير جادة اكثر واقعية كما لم ترهم من قبل يابا، وأنا في شدة العجب من هذا التطور المفاجئ في سماتهم، وكأنهم ناموا في حال واستيقظوا على حال مغايرة،

ومع ذلك فإن الشك بنجاة المدينة يتعاظم بصدري، وقد أهدروا وقتا طويلا كان من الممكن لهم أن يستعدوا لاحلاله بشكل أفضل عوضا عن التهريج والتمرغ في الهزل الذي لم يتوقفوا عنه حتى في عز المحنة التي يمرُّون بها، فهل سيسعفهم الوقت يابا فعلا؟ أم أن ما يسارعون فيه قد جاء متأخرا للغاية؟

وقبل ساعات قليلة من الموعد الذي عنه سيف أخبرهم تنتشر الفوضى في كل مكان بالمدينة، فالكل يبحث عن نجاته من الموت، وبدأ السكَّان يتصارعون على أماكن آمنة لهم في المخابئ، حتى اكتظت عن أخرها، ومن لم يجد له مكانا فيها سعى للحصول على الأقنعة اللازمة للتنفس، وتسييج النوافذ والشرفات بشبكات حديد بطَّنوها بكميات كبيرة من القش لمنع الرمال من احتلال منازلهم، وفي ظل كل ما يحدث في المدينة من إجراءات طارئة واستثنائية أظل أمضي في دربي الخاص بيوكانما لا أكترث بمايحدث من حولي، وكأنما أشعر باليأس الذي يضم على صدري ولا يترك له منفذا لبصيص من أمل، وبينما السكَّان يحاربون للبقاء وهم غمرة من اليقين بأنهم سينجون، ولا أفهم من أين يأتون بهذا الفيض الهائل من اليقين، وأين كانوا قبل ذلك؟ كانوا متلهين يابا متغافلين طواعية ولم يجبرهم أحد على ذلك التغافل عن حقيقة خطر الشبح المحدق بهم، وأصحابنا الذين كانوا يرتعون في الغي والضلال أراهم اليوم يصطفون خلف سيف على قلب رجل واحد، وأشعر بقلة اهتمام من اقتراب النهاية، فتلك النهاية التي يبدوا عليهم أنهم يدركونها أخيرا كنت أعلم بها منذ زمن، وأنتظرها من قبل حتى أن يتوقعها سيف، وأنت يابا كنت على دراية بذلك، ولم تنفك يوما تخبرني بأنها حتمية، ولا مفر لنا عنها، وكنت تعتقد بأنك ستشهدها معنا، ولكن فيما يبدو أنك رحمت منها، ورغم عدم خوفي من الشبح إلا أنني لن أتمكن من النزول إلى «الجنينة» بهذه الليلة العصيبة، والمدينة أمست وكرا للأشباح، فيما قد خلت الشوارع والطرقات من المارة ومن العربات، ولأول مرة بحياتي في هذا الحي أتنفس الهدوء وأشعر براحة وسكينة في رحاب بيتنا، ولأول مرة أشتمّ نسائم الحرية وكأنني في الجنة التي كانت منذ شهر واحد فقط سجنا لا يطاق، وهذا هو منزلنا كما لم تشهده من قبل يابا، وامرأة سعيد جارنا تتوقف عن خفق البيض وعمل الكعك، وقد لاحت بوادر الجدية على معظم السكَّان، والمدينة تغرق في عتمة سوداء انتظارا للحظة التي لا يمكن لأحد توقع مدى حجم خطورتها.

ويقترب الوعد ولم أجد لنا مكانا آمنا في المخابئ، فنبقى في بيتنا بعد أن انتهى سيف من عمل طبقات من القشّ والقطن على النوافذ، وقد كنت من أوائل الذين يستعدون، وشرفتك تقريبا أمست جاهزة لاستقبال الشبح، وقبل دقيقة أضم سيفا إلى صدري، وأنزل به إلى أسفل سريرك، بينما ينظر في ساعة يدك ليرى كم

تبقى من الوقت، فنرتدي الأقنعة بسرعة وقلبي يكاد يقع مني لا خوفا على حياتي بل على حياة سيف الذي ينظر لي دون كلمة وعينه مرتعبة يسألني قائلا:- «هل سننجو يا أبي؟»، فأغمر أنفاسي به وأبكي قائلا:- «ليتني أعرف يا بني»، ومن يمكنه أن يعرف مصيره بعد ثانية أو ثانيتين، ومن في هذه المدينة يمكنه أن يعلم غيب الساعة، والإخوة قد شيَّدوا لهم مخبأ خاصا بهم فيما بدا أنهم بدأوا فيه منذ زمن قريب، فهل كانوا يتنبأون بالواقع الجديد ويستعدون له، وطالما الأمر كذلك فلما ظلوا طوال الفترة الماضية يروجون بأن الشبح مجرد إشاعات ويهاجمونها؟ وناصح رغم تشكيكه في النهاية إلا أنه استعد لها جيدا في الخفاء، وهو يظن أن بإمكانه النجاة، وإن لم ينج أحد فلا يهم سوى نجاته هو، وإن لم ينج حتى إخوته، فمن أين يأتي بكل هذا الأمل في البقاء، وتمرّ دقائق لم يسمع خلالها أي هجمة للعاصفة، وسيف ينظر في ساعتك مجددا، ويشير لي بأنه قد مضى أكثر من خمس دقائق ولم يسقط الشبح، ولم تهبّ العاصفة الترابية، وبعدها عشر دقائق أخرى والوضع كما هو عليه، وسيف على يقين بأنه لن يخلف موعده، ولربما هاجمهم بأي لحظة، ولكن الوقت يمرّ دون أي جديد، ونصف ساعة كاملة ونحن محبوسون أسفل سريرك لا نحرك ساكنا، ولم يبق من ساعة الصفر سوى نصف ساعة أخرى، وعلينا المكوث في مكاننا حتى لا يباغتنا الشبح، وأشعر بأنه خدعه وسيف يقول بأنه لا يمكن له أن يخدعه، ولكن الساعة مضت، والعقرب تجاوز التاسعة والنصف مساءً ولم يحدث أي شيء بعد ولمَّا اقتربت الساعة من العاشرة أيقن سيف بأن الأمر كان خدعة وأن الشبح لن يسقط بهذه الليلة ويا لها من كارثة أعظم من كارثة سقوطه، وكم ستكون شماتة ناصح والسكَّان بنا.

ويخرج السكَّان من مهاجعهم ينددون بالخديعة التي تمت عليهم، ويفدون من كل مكان محتشدين أسفل البرج وبأيديهم أحجار غليظة جعلوا يرشقون بها بنايتنا وهم يهتفون ضدي وضد سيف، ولمَّا وجد الجيران هذا الانقلاب منهم على حيينا خشوا ألا يناصرونهم، فهجموا على شقتنا وهم يدبُّون على بابنا، والرعب يتملَّك مني، وأكاد أخرّ من طولي من هول الموقف، وسيف يصرخ ويبكي ويقول بأن علينا أن نتصرف، والسباب ينهمر علينا كالسيل، وأخشى أن أواجههم فأغرق في دمي وابني، وسيف يريد مواجهتهم وفتح الباب لهم، واحاول منعه بكل طاقتي، وحتى أصحابنا لم يمنعوا السكَّان الغاضبين علينا ولم يقفوا في طريقهم أويتصدوا لهم، وبدلا من التدخل لحمايتنا وجدتهم ينضمون لصفوفهم يابا، وكم هو مؤلم شعور الخيانة والغدر ونحن لم نغدر بأحد، فهل جزاء الإحسان والإخلاص يكون هكذا؟ ولا أعرف ماذا أصنع؟ وقبل لحظات كان الشبح من يهدد حياتي وابني أمَّا الآن فحياتنا مهددة ممن كان سيف يخشى على حياتهم. فكيف تتبدل الأمور

وتحتال بهذا الشكل العجيب، وأما قلت لك يا سيف؟ أما حذرتك من التمادي في العناد؟ أما كنت أترجاك كي تقلع من رأسك كل همّ وأي انشغال بأمر هذه المدينة اللعينة؟ أما قلت لك بأن سكّانها أنذال ولن يرحموننا إن سقطنا في براثنهم؟ الآن تفهم لما كان أبوك غارقًا في حزنه وكمده، الآن تقول لي إنني كنت على حق، يا حسرة عليهم يابا، ويا ألف حسرة، وأجد نفسي في وجه العاصفة وأنا لا أحسن تصرفا، ونهى تتدخل لدى الجيران فكلمتها نافذة عليهم وهي تعدهم بأنها سوف تأخذ حقهم مني، حتى أنتِ يا نهي؟ تنقلبين عليَّ بكل هذا اليسر؟ يا من اعتبرتك أختا لي، ولم أكن أتوقع منكأن تخذليني بيوم، وتنجح في إقناعهم يابا، ويعودون جميعا من حيث أتوا وتهدأ العاصفة، ويتوقف الطوفان، ولا تتوقف اللعنات التي يصبّونها علينا، ولا أتمكن من الخروج وإن خرجت يقذفونني بالحجارة وينهالون بالشتائم والبصقات على وجهي، ولطالما كنت في حالي يابا إلى أن جاء اليوم الذي أصير فيه ملعونا من الجميع حتى أصحابنا، وكل هذا بسببك يا سيف؛ لأنك لم تسمع كلامي، قلت لك أنني أكثر منك خبرة بهم وقد عشت بينهم عمرا طويلا وأعرف كم هي وضاعتهم وكم هو انحطاطهم، وما أمضّ شعور الخذلان والعار الذي يلاحقني بكل مكان، وتهديدات المعلم البغل لي، ويطالبني بإخلاء منزلنا وإخراجنا منه عنوة بغير حق ويقول بأنه لم يعد لنا مكان وسطهم ويعطيني مهلة شهر حتى أدبر أموري وأهاجر من الحي، وإنها لمصيبة ألمَّت بنا يابا ولا أجد أحدا يقف لجانبي أو يدعمني، وأصحابنا يتنكرون لي ويديرون وجوههم عني، ولا يجيبون على اتصالاتي المستنجِدة بهم، ونهى لا تفتح لي الباب وتهددني إن أقدمت مجددا على طرق بابها فستحرض علي الجيران حتى يوسعونني ضربا، لما فعلت بنا ذلك يا سيف؟ وإنها إذن لطامة كبرى وقعت فوق رأسي، وما باليد من حيلة وقد احتالت حياتي عذابا فوق عذاب، ولم يعد هناك مفرا من تنفيذ قرار المعلم البغل الذيكان بالأمس القريب عدوا لهم، واليوم هو واحد منهم يتزعمهم ضدي وقد أجمعوا على قراره، ووقَّعوا على عريضة تطالبنا بإخلاء البيت.

وكل شيء ينهار، وحياتي كانت بالأساس منهارة ولا معنى لها وهي اليوم أكثر انهيارا وأشد ألما، وقد جفَّت دموعي منذ زمن ولم أعد قادرا حتى على الصراخ أو البكاء، لما منعتني يا سيف من الانتحار؟ لأبقى لليوم الذي أكون فيه مرغما على الإقامة الجبرية بالمنزل، وقد كنت سجينا في حياتي بما فيه الكفاية لكنني كنت سجينا مع حرية الانتقال، واليوم أصير معتقلا بداخل بيتنا، وأما يكفيهم أنني اعتذرت إليهم ووعدتهم بعدم التدخل في شئونهم مرة أخرى؟ وقد انهار كل شيء يابا، وانتحاري لم يعد اختيار، بل ربما يكون إجبار، فالآن أفكر فيه أكثر من أي وقتٍ مضى ويا لصعوبة القرار، ويبقى سيف عقبة في حلمي بالموت والغروب

عن وجه المدينة البشعة السوداء، وماذا لو انتحرت؟ ولمن سأتركه بعدما صار كلانا من المنبوذين، فكيف سأتركه لوحده في تلك الظروف؟ أخبرني يابا ماذا أفعل؟ أركع أمامك، أتوسل إليك أن تقوم من مماتك وتجيبيني، ولماذا لا تجيبيني يابا؟ انجدني بالله عليك، فقد اظلمت حياتي أكثر مما كان الظلام سائدا عليها وكل شيء ينهار أمام عيني، وما عدت قادرا على التفكير في هذه الكارثة التي ألمّت بنا، وليس أمامي سوى شهر واحد حتى ألمّ فيه عزالنا وأرحل وسيف إلى خارج المنطقة، وإلى أين يمكننا الذهاب يا ربي، انت ألطف بنا وأحنّ من أولئك الذين لم يتورعوا عن أذانا، وسيف يقول إن الله لن يتركنا لأننا لم نخدع أحد ولم نظلم أحد ولم نكذب على السكّان، وهو أعلم بنوايانا وأننا ما أردنا سوى الخير لهم.

والسكّان عادوا للهو هم وجنونهم يابا، وكأن شيئا لم يكن وكأن الشبح كان وهما في رأسينا، والإخوة يصبّون جام غضبه علينا ويحرضون بنا أمام السكّان، وقد نسوا أمر الشبح برمته، وسلموا أمرهم لهم، وباتوا متيقنين بخطأهم حين صدقوا سيفا وعادوا الشركة، وكل شيء يعود لسابق عهده، وسيف يربت على صدري، ويقول بأننا لن نخرج من دارنا، من جديد تعاند يا سيف؟ وتستمر في إيمانك بوجوده، ويقول بأنه حقيقة، ويبرر ما حدث أنه لم يكن سوى مراوغة منه ليختبر ردة فعل السكّان، ويقول إنهم بنكوصهم على أعقابهم يكونون قد استحقوا العقاب الأليم، من جديد يا سيف؟ ما تزال سادرا في اعتقادك الذي أوردنا المهالك، ألم نكن في غنى عنها؟ ويقسم لي بأننا لن نخرج من دارنا بل إنهم من سيخرجون منها جميعا ولن يعودوا إليها، والشبح الأسود لا يريد أن يتركه وشأنه وهو يؤمن به اكثر من أي شيء آخر، ويخبرني بأنه غن أخلف موعده في المرة السابقة فلن يخلف موعده في الشهر القادم، ويقترب الموعد الذي أقرّه المعلم البغل علينا، وسيلقى بنا في الشارع يابا.

ومن كان يتوقع أنه بعد تسعة أشهر فقط من رحيلك سيكون مصيرنا إلى النار، وسيف يعدني بأننا سنبقى في دارنا ولن يخرجنا منها أحد، والأيام تمرّ ولا يبدو من فرج قريب، وقبل ليلة واحدة من الموعد المحدد لطردنا من البرج يخبرني بأن الشبح سيباغت السكّان، وعلينا الاستعداد لتلك الليلة المشئومة، وأنا لا أقدر على تصديقه ولا أرغب في تكذيبه، ونهى أعدت لهذه الليلة حفلا كبيرا اصاخبا دعت إليه كل الجيران والأصحاب ليرقصوا على أنغام النار، والمعلم كذلك دعا سگّان الحي الخامس لحضور حفل كبير يقيمه أمام جزارته أسفل البرج بمناسبة الذكرى التاسعة لافتتاحه المحل، وفي هذه الليلة ستتوهج على الخصور وتنعم بمزيدا من البهجة، وسترتفع الاحتفالات وتملأ كل مكان بالمدينة، وبينما الجميع في غمرات رقصهم وتصفيقهم يخرج سيف إلى شرفتك ومعه المنظار يتابع به اقتراب الشبح، ويهرع

إليَّ صائحا يقول:ـ «هيَّا يا أبي بسرعة إنه يدنو»، فكيف أصدقه؟ وهو يطلب مني الاحتماء منه أسفل سريرك بعدما أسرع بوصد النوافذ، وهل بيدي شيء آخر أفعله؟ وماذا لو صدق سيف هذه المرة؟ ولكنه يقول:ـ «إن لم تكن مصدقا فتعال وانظر بنفسك»، ويبدو يابا أنه على حق، وأرى بعيني الحقيقة التي يغفل عنها الجميع، وإنه يقترب يابا فعليا، والساعة تدنو من الثامنة والنصف مساءً، فيطفأ جميع الأنوار، وننزل معا إلى قلب الصندوق الكبير تحت فراشك، وهو ينظر في الساعة ويترقب وكله إيمان، وقبل دقيقة واحدة يقع ما كنا نتوقعه، ويضرب المدينة إعصارٌ ترابي قوي لم يسبق أن حدث مثله، ويهجم الشبح عليها بقبضة من حديد، ويبتدئ بحيينا فيقصفه بغتة، ويتعالى إلينا أصوات الصراخ في كل مكان، ويستمر في غضبه الشنيع لعدة دقائق لاحقة، ثم يسود صمت مريب، ويطول الصمت قبل أن نفقد وعينا.

ونخرج من قبونا فإذ بي أجد البيت في دمار هائل، ولا أعرف كم مرَّ علينا من الوقت لكن أرى النهار قد طلع، والنوافذ المحطمة تتمدد منها أشعة الشمس، ولمّا أطلّ منها لا أجد المدينة التي عرفتها، بل أجد طابقنا التاسع صار فوق الأرض مباشرة، وكأن المدينة اندثرت وطمرت تحت الرمال، وسيف ينظر لي مندهشا، ويسألني قائلا:ـ «هل انهار البرج؟»، ونقذف أنفسنا من شرفة البيت وكأنما نسقط في جنة تربتها ناصعة البياض كأنما مرآة مصقولة، والمدينة التي كنا نعيش فيها بالأمس فقط بدت كما لو أنها اختفت تماما من الوجود، واستبدلت بمدينة أخرى في لمح بصر، فماذا حدث يابا؟ وأين ذهب السكّان؟ وبينما نسير فوقها في ذهول وصدمة نسمع أصوات صراخ وبكاء من تحت أقدامنا، ثم يظهر لنا من مكان قريب سكّان آخرون لم أتعرف على وجوههم، ولا أكاد أفهم من أين أتوا؟ بينما يرتدون ملابس بيضاء، ووجوهم الناضرة كأنما تشع نورا وصفاء، وهم يقبلون نحونا ويريدون إكرامنا وضيافتنا في قصورهم البهية، فمن يكون هؤلاء؟ وسيف برفقتي يسمع صوتك من قريب وكأنك تضحك، وصدى ضحكك يرجّ في كل مكان، ويعلو من حولنا ولا نكاد نراك، فأين نكون؟ اجبني بالله عليك، هل نكون قد متنا وهذه هي حياتنا الجديدة ما بعد الموت؟ وقلبي كأنما انتزع الحزن منه انتزاعا، وكأنني أولد من جديد، ولم أعرف حزنا من قبل في حياتي، وصوتك لا يخفى عليَّ، فهل أنت قريب؟ لمَ لا تجيب؟ أين أنت يابا؟

[]

Don't miss out!

Visit the website below and you can sign up to receive emails whenever Ahmed Gamal Abe El-Nasser Abd Abd El-Rahman publishes a new book. There's no charge and no obligation.

https://books2read.com/r/B-A-XRGP-ZGMBC

About the Author

طبيب بيطري مصري من مواليد مدينة بورسعيد عام 1991م. بدأت الكتابة في سن الثالثة عشر عندما شاركت في مسابقة عن العدوان الثلاثي على بورسعيد خلال احتفالية المحافظة بعيدها القومي حضرتها السيدة سوزان مبارك وافتتحت معها مكتبة مبارك العامة. شاركت في عدد من الأعمال المسرحية بالمكتبة العامة. توقفت عن الكتابة لمدة عشر سنوات لعدم اهتمامي بالنشر. عدت إلى الكتابة عام 2019 ثم صدر لي قلادة العهد عام 2022